KB056565

어느 택시 기사의 세상 바라보는 이야기

내일은 좋은 길

내일은 좋은 길

어느 택시 기사의 세상 바라보는 이야기

문장식 지음

코람데오

C O N T E N T S

PART 1 반 평 공간의 세상 이야기

C O N T E N T S

PART 2 아름다운 양재천

C O N T E N T S

C O N T E N T S

PART 3 당신과 나의 이야기

C O N T E N T S

Part 1

반 평 공간의 세상 이야기

자식

한 젊은이가 택시에 올라 아산병원으로 가자고 한다. 60세 엄마가 난소암으로 입원 중이라고 했다. 아버지는 돌아가시고, 여동생과 살고 있단다. 엄마에게 희망을 드리기는커녕 캥거루새끼처럼 엄마 품에 살았단다. 결혼도 못했다. 못난 자식은 엄마 앞에서 울지도 못하고, 그저 마음의 눈물만 닦아낸다. 가슴을 치며 후회하는 자식의 모습이 애처롭다.

방황

손님이 택시에 탔다. 시골로 내려간다고 한다. 충남 바닷가에서 생선 도매하는 조카한테 간다고 했다. 젊어서는 부모님께 반항하며 살고, 결혼하고는 아내와 싸우며 살았다고 한다. 이혼하고는 세상에 반항하며 투쟁만 하고 살았다. 52세 나이에 갈 곳 없는 몸이 되자, 조카가 삼촌을 지켜주겠다며 오라고 했는가 보다.

"생선 가게로 가렵니다. 비린내를 몸에 담으렵니다. 충청도로 갑니다. 긴 세월 방황하고 지금 와서 후회합니다."

늙은 엄마

80대 노인이 네발지팡이를 짚으며 택시에 탔다. 배웅하던 50대 여자는 노인을 택시에 태우고는 돌아서 집으로 들어간다.

노인은 택시에 타자마자 "못된 년" 한다. 땅 팔고 집 두 채 팔아 큰아들 사업자금 대주고, 딸 둘과 막내아들에게는 하나도 안 줬는데, 큰아들이 사업하다 병들어 세상 먼저 떠나고 나니 며느리 손자에게 재산 넘어가고 시어머니는 쫓겨냈단다.

갈 곳 없어 큰딸 집으로 찾아가니 "돈은 오빠 다 주고 우리 집에는 왜 왔느냐" 하고, 둘째 딸네 찾아가도 모른 척하고, 막내아들네 찾아가니 "큰집에 돈 다 주고 여기는 왜 왔느냐"며 벌레 취급을 했나 보다.

다시 큰며느리에게로 찾아가 "마지막으로 방 보증금 1,000만 원만 주고, 나중에 내가 죽으면 그 보증금 다시 빼가라"고 해도 안 된다고 하니, 노인은 갈 곳이 없다.

"지금 가면 창문을 열고 뛰어내리든지, 목매달아 죽든지 해야겠지요."

자식에게 재산 다 주고 목숨 끊겠다는 엄마. 그래도 이승이 나을 테지요. 오래 참고 견디다 보면 자식들이 깨닫는 날이 올 겁니다.

울고 간 교수님

일산으로 가시던 교수님, 내 책을 읽다가 울기 시작한다. 너무나 슬피 우신다. 나보고 하는 말이 "책을 이렇게 써서 팔리겠느냐"고 한다. 책을 팔려면 무언가 안에서부터 토해내는 이야기, 쥐어짜는 이야기를 써야 독자들이 살 것 아니냐고 한다. 교수님 어린 시절 살아온 길과 내가 살아온 이야기가 닮은 점이 많았나 보다. 책을 읽고 반복해 말씀하시며 운다. 일산 댁에 도착할 때까지 울며 간다.

교수님은 내게 말한다. 시를 한 권 소개하니, 그 시집을 읽고 다음 책을 쓰란다. 기형도 시인의 《입 속의 검은 잎》이라는 시집이다. 나는 아직도 그 시집을 읽지 못했다.

승진

40대 후반의 손님이 택시에 타셨다. 택시가 출발하자 성질이 난다고 했다. "제가 뭘 잘못했나요?"하고 물었다. 그때 경상도 말씨의 중년 신사는 술이 거하게 취한 목소리로 "내가 대표이사 사장으로 승진했습니다!"라고 말했다.

손님은 대표이사로 승진했다는 말을 기분이 좋아 한 것이었는데, 나는 사투리 섞인 말을 잘못 알아들은 것이었다. 성질났다는 말로 잘못 들은 것이다. 그제야 나는 말뜻을 알고 "승진하셨다고요?"라고 되물었다.

"대표이사 사장님이시네요. 축하드립니다. 요즘같이 힘든 세상에 남의 회사에서 대표가 된다는 것은 하늘의 별을 딴 겁니다. 실질적으로 별을 딴 것이나 마찬가지입니다."

그는 아내에게 승진했다는 말을 하지 않았단다. 놀라게 하고 자랑하고 싶어서란다. 어머니에게도 그냥 회사 일로 늦을 것이라고만 했단다. 어린 시절 학교에서 상장을 받아 엄마에게 드리면 기뻐하셨듯이 자랑하고 싶다고 했다. 자신은 딸만 둘 있는 집의 큰사위인데, 장모님도 놀라게 해드리려 한단다. 승진의 파장을 일으키고 싶단다. 축하의 박수를 받고 싶단다. 손님은 사장이면서도 아들이요, 사위요, 한 여자의 남편이었다.

그 회사는 정말 잘 될 것이다. 사장님이 가정적이고 마음이 순수한 분 같았다.

쓸모없는 사람

양재동에서 60대 내외를 모셨다. 택시에 앉자마자 부부의 실랑이가 시작됐다. 여자 손님은 서부역 쪽에서, 남자 손님은 정문 쪽에서 내려달라고 했다.

실랑이 끝에 화가 난 남자가 한마디 한다. "착하긴 한데 평생 쓸모가 없는 여자다." 남자는 자신을 암 환자라고 밝혔다. 그러니 조금이라도 덜 걷는 곳을 선택해야지, 왜 환자를 많이 걷는 쪽에서 내리게 하느냐는 타박이었다. 여자는 서부역이 걷는 거리가 더 짧다며 한사코 서부여 앞에서 내리란다.

서로가 내리는 장소에 대한 생각이 다르고 차이가 있다. 서로 양보하면 될 텐데, 그게 안 되는 내외 같다. 결국 부인이 원하는 서부역에서 내렸다. 남자는 암에 걸렸고, 부인은 강했다. 잘 요양하시고 건강히 돌아오세요.

탈의실

천호동에서 40대 후반의 여자 손님이 택시에 올라 강남으로 가자고 한다. 올림픽대로를 달리기 시작하자 여자 손님은 말한다. "아저씨, 나 옷 갈아입을 건데 보지 마세요."

운전석 뒤쪽으로 와 쇼핑백에서 옷을 꺼내 갈아입는다. 갈아입은 옷은 쇼핑백에 다시 담고 신발도 갈아 신었다. 강남에 도착하니 현금으로 계산하고 내린다. 탈 때와 내릴 때는 다른 사람이 되어 있었다. 저렇게 할 수밖에 없는 무슨 사연이 있겠지.

아름다운 만남과 사연이 되기를.

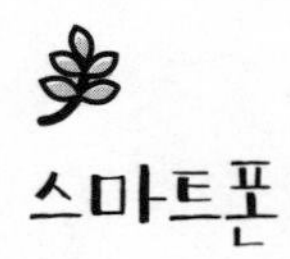

스마트폰

강남 어느 클럽 앞에서 20대 남녀 한 쌍이 탔다. 여자가 말한다. "오빠, 이번 미국 갈 때 나도 데리고 가. 알았지?" 남녀는 70대 노인 택시기사가 있으나 마나 허수아비로 생각하나 보다. 쪽쪽 키스하며 이름이 있는 꽤 큰 호텔로 데려다 달란다. 어차피 호텔에 가면서 무엇이 그리 급한지, 뒷자리에서 키스하다 자빠졌다 비스듬히 앉았다 한다.

혈기의 젊은 남녀를 호텔에 데려다주고 또 다른 손님이 두 번째 갈아탔을 때 "아저씨, 여기 핸드폰이 있네요"라고 말해주었다. 아마 자빠졌다 앉았다 하던 20대 젊은이들 것 같았다.

손님을 태우고 내리며 오후 4시가 넘어설 때 어디선가 그 스마트폰으로 전화가 왔다. "스마트폰 가지신 분이 누구세요?" 어디서 잃어버렸는지 기억조차 못 하는 것 같았다. "택시기사예요"라고 했더니 5만 원 줄 테니 신사동 유명 의상실 앞에서 30분 후에 와서 기다리라고 한다. 나는 일도 못하고 의상실 앞으로 가 30분 전부터 기다렸다. 얼마 후 외제 스포츠카 한 대가 골목길에서 나타나 "스마트폰 가지신 아저씨 맞아요?"라고 한다. 내가 스마트폰을 차에서 꺼내주자 빼앗듯이 가져간다. 인사도 없이 스포츠카를 몰고 사라진다.

새벽 4시에 탔던 손님. 무슨 힘든 일 했기에 오후에 스포츠카 타고 나타나 스마트폰을 찾아가나. 돈 많은 아버지 두었는지 모르겠지만 세상길은 돈으로만 가는 길이 아니라네. 진리와 생명이 있는 길이 있다네. 법과 상식과 질서를 지키는 길을 가야 한다네.

젊은 남녀 두 분 꼭 결혼해서, 좋은 일 많이 하시며 사세요.

공항 가는 손님

강남에서 택시에 탄 손님이 김포공항으로 가자고 한다. 많이 늦었단다. 스마트폰으로 알람을 맞춰놓고 잤는데 알람이 울지를 않았다고 했다. 스마트폰은 울었으나 본인이 잠자느라 못 들었을 수도 있을 텐데, 스마트폰 회사만 욕했다.

나에게는 빨리 가자고 계속해서 재촉했다. 험악한 목소리와 희미한 실내등에 비친 모습에 주눅이 들어 속도를 더해 달렸다. 올림픽대로는 80킬로미터로 달려야 하는데 100킬로미터 이상으로 달리고 있었다. 그런데 그때 그가 하는 말이, 새벽 시간에는 200킬로미터 이상 달려도 된단다.

그래도 공항 시간은 이미 늦었다. 그는 다음 비행기로 갈아타기 위해 항공 회사로 전화를 했다. 전화가 되는 듯 하더니 "몇 번 누르세요" 만 반복했다. 손님은 비행기 뜰 시간이 되면 직접 받아야 하지 않느냐며 개 같은 회사라고 욕했다.

통화를 못한 손님은 114에 전화해서 항공사 직통 전화번호를 알려 달라고 했다. 연결해준 번호로 통화를 하려 했으나 역시나 연결이 쉽지 않았다. 화가 난 손님은 114 안내원에게 다시 전화해 심하게 소리를 지르며 화를 냈다.

그는 느닷없이 이러니까 개 같은 나라란다. 대통령에게도 욕을 한다. 자신이 알람만 믿다가 늦은 것을 애꿎은 휴대폰 회사, 택시기사,

항공사, 114 안내원, 대통령까지 욕을 한다.

자신이 잘못하고 남에게 떠넘기는 젊은이. 늙은이로서 보기가 안타까웠다. 이런 젊은이들이 없기를 바란다.

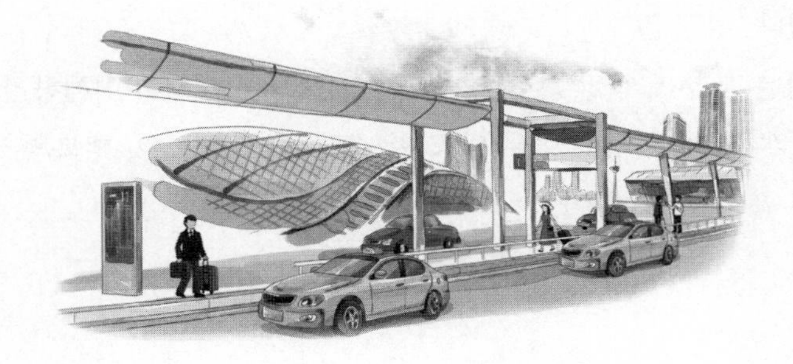

새들의 이혼

새 부부가 택시에 탔다. 수새는 앞자리에, 암새는 뒷자리에 탔다. 침묵만 흐른다. "어디로 모실까요?" 그들은 가정법원으로 간다고 했다. 침묵을 한다. 말 한마디 없이 간다. 그러다 암새가 먼저 입을 열어 부리로 수새를 쫀다. 자신을 남의 암새와 비교해 정신적으로 상처주고 마음에 분노를 일으켰다고 했다. 암새가 다른 수새와 비교하면 수새는 좋겠느냐고 부리로 쪼았다. 수새는 가정폭력자라고, 닥치는 대로 암새를 때리고 손에 집히는 대로 집어던져 깨고 부수는 수새하고 누가 살겠느냐고 했다. 수새는 일도 안 하고 컴퓨터만 하는 새를 누가 좋아하겠냐고 했다. 암새는 직장에서 일 하고 아이 키우기도 피곤한데 수새 어머니까지 돌보고 챙겨야 하니 힘들다고 했다. 또 수새는 암새한테는 화내고 수새 어머니한테는 순한 양같이, 착한 아들같이 행동하는 이중인격자라고 몰아붙였다. 수새는 이혼이라는 큰 대가를 치를 것이란다. 서로가 부리로 상대의 가슴을 쪼아 상처를 주고 있었다.

나는 부부에게 말했다. 한 발씩 양보하고 물러서서 이해하라고. 이혼만은 하지 말라고. 아무 말 없이 내린 40대 한 쌍이 행복의 날개로 서로 품어줬으면 한다.

돼지 가족

어느 부자 동네에서 엄마돼지 세 마리가 택시에 탔다. 한 엄마돼지가 함께 탄 엄마돼지에게 묻는다. 아들 사업한다더니 잘 되느냐고. 그러자 그가 대답한다. 아들에게 사업자금 30억 원을 대줬는데, 3년 만에 모두 다 까먹고 또 사업한다고 돈 달라 떼쓰고 있다고. 아들은 무슨 아들이냐, 사기꾼이란다.

딸은 시집보내면 한시름 놓을까 했는데, 친정에서 사준 자동차 주소도 안 옮겨가 모든 세금, 교통위반 딱지까지도 친정에서 물어주고 있단다. 딸년은 좀도둑이고 사위는 강도라고 했다. 세상에서 제일 무서운 게 자식이란다.

개천에서 용 된 사람

비가 주룩주룩 내리던 어느 날, 부부가 택시에 탔다. 압구정으로 간다고 했다. 고향 친구들 모임에 다녀오는 길이라고 했다. 내가 쓴 책과 함께 명함을 드렸다. 손님은 책을 잠깐 읽어보더니 자신의 이야기도 써달라고 했다.

그는 충청도 농사꾼의 아들로 태어났다고 했다. 학교는 공주고등학교를 졸업했는데, 김종필, 박찬호가 졸업한 학교라고 했다. 요즘에는 개천에서 용이 안 난다고 하지만 자신을 개천에서 용 된 사람으로 써달라고 부탁했다. 친구들도 자신을 보고 개천에서 용 났다고 했단다. 그는 자신이 용이 된 것은 같이 타고 있는 아내를 잘 만나서라고 했다. 아내가 만들어준 용이라고 했다. 아내와 함께 택시를 타고 가면서 기사한테 아내를 높일 줄 아는 그가 훌륭해 보였다. 요즘은 자갈논이나 천수답 팔아 용이 되기는 힘들다. 그래도 개천에서 용이 난다.

훌륭한 용이 되신 것을 진심으로 축하드린다. 더욱더 이웃을 돕는 용, 그늘진 곳에서 밝은 빛이 되는 용, 가난한 자에게 희망이 되는 큰 용이 되시기를, 꿈을 꾸는 용이 되시기를 바란다.

택시 운전사

택시는 시간과의 싸움이다. 오늘만 쉬고 내일 한다는 생각은 버려야 한다. 미터기 꺾고 바퀴가 굴러가야 돈이 들어온다. 시간은 기다려주지 않을 것을 나는 안다. 빌려줄 수도, 당겨 쓸 수도 없는 것이 시간이다. 서두르지 말고 꾸준히 핸들을 돌릴 때 돈은 내게 온다.

손님이 택시에 탄다. 삼정릉역으로 가자고 한다. 대답을 하고는 입을 꽉 다문다. 짐짝 실은 화물차같이 달려간다. 잠시 생각해본다. 만약 내가 삼정릉에 대한 역사를 잘 알고 있었다면 어땠을까? 손님과 서로 이야기를 나누며 모르는 역사를 배우고 깨우치는 기회가 되었을 텐데 아쉽다.

기사는 말없이 삼정릉역으로 달려간다. 꽉 다물고 간 입에서는 고달픈 입 냄새만 날 뿐이다. 손님은 말하지 않는 기사가 불편하다.

택시기사들이 우리나라 역사를 책으로 배우기란 힘들다. 그러니 공영방송국에서 시간대를 정해놓고 방송을 해주었으면 한다. 라디오 방송을 통해 역사를 배우고, 모르는 손님에게 역사를 이야기함으로써 국민 자존심도 크게 북돋을 수 있는 기회가 되었으면 좋겠다. 역사를 생각하는 택시기사. 대한민국 국민으로서 느낀 것을 적어본다.

11월의 끝자락에서

새벽 5시. 손님이 없어 유명 술집 앞 가로수 밑에 주차해 놓고 손님을 기다리고 있다. 가을을 밀어내고 겨울을 재촉하는 찬바람손이 불어와 은행나무 높은 가지부터 쥐고 흔들어댄다. 푸른 옷 입고 봄소풍 왔던 은행잎들이 소풍 끝내는 날이 되어 노란 수의로 갈아입고 손님 기다리는 택시 위로 떨어지며 투두둑 차 지붕을 노크한다.

낙엽이 떨어진 만큼 택시 위 가로등 불빛도 잘 보인다. 떨어진 만큼 하늘의 달과 별들도 더 많이 볼 것이다. 내가 버리고 떨어트린 만큼 하늘도 보여줄 것이다.

인간도 세상에서 할 일 끝나면 세상 옷 버리고, 고향 가는 옷, 수의 베옷으로 갈아입고 고향 하늘로 가리라.

내가 걸어온 길

사나이로 걸어온 길, 세상 전쟁터에서 목숨 걸고 치열하게 가족을 위해 매일 싸웠다. 객기, 오기, 목숨같이 지켜오던 자존심마저 부러트렸다. 지금 이 순간에도 먹고 먹히는 삶에 전사가 되었다.

취업 못해 피난민 되어 세상에서 외면당하고, 가족에게는 무언의 말로 쫓겨나고 왕따 당한다. 남몰래 숨어서 울며 강한 척한다.

나는 택시기사. 어느 날 일을 마치고 차에서 내리려다가 종아리 쪽이 따끔한 느낌을 받았다. 땅에 발을 디딜 수 없다는 것을 알았다. 이제는 불구가 되는 건가, 일을 못하면 가족들은 어떡하나, 많은 생각이 머리를 스쳐갔다.

세상은 힘든 길 엉겅퀴 가시밭길이다. 남자는 잠 못 이루고, 남 몰래 숨어 울고, 남 몰래 숨어 한숨 쉰다. 남자의 한숨은 회오리 용바람. 하늘로 올라간다.

입에서는 단내 나고 쉬지 않고 달려온 길, 고달픈 길, 내가 만든 길.

불량 손님

갑질 불량 손님, 행선지 물으니 청량리라 한다. 차에 오른 손님은 코골며 잔다. 청량리역에서 깨우니 안 일어난다. 오랜 시간 걸려 깨우나 일어나지도 않고, 잠결에 쭉 가라고만 한다. 다 왔다고 하자 "여기는 왜 왔느냐"며 성질을 낸다. 또 다른 목적지에 도착하자 갑질 손님은 '꽝' 하고 문을 힘껏 닫는다. 불량 손님 갑질 행위다.

메르스

내 생일 전 날, 딸이 생일파티를 해준다고 자기네 집으로 오란다. 메르스로 한창이던 때다.

나는 택시기사다. 손님들이 내 택시에 올라 국립중앙의료원으로 가달라고 한다. 투석하러 간단다. 장애인 손님은 병원 안까지 타고 들어가 휠체어를 타고 내린다. 또 투석을 끝내고 돌아가는 길이라는 다른 손님은 미아리고개로 가자고 한다. 간호사들 열 재기 바쁘고, 방송국 기자들 마스크 쓰고 5미터 이상 떨어진 곳에서 촬영하기 바쁘고, 전쟁터같이 살벌한 분위기만 감돌고. 택시 손님 또 타더니 삼성병원 근무자라고 한다. 어느 절에 기도하러 갔더니 삼성병원에서 근무하는 것을 알고는 내쫓았단다. 문둥병 환자보다도 더 나쁘게 피하더란다. 나는 그분들을 택시 손님으로 정성을 다해 모셔다드렸다.

나는 외손녀가 보고 싶어도 딸네 집에 못 간다. 메르스가 너무 무서워 못 간다. 다섯 살 외손녀가 보고 싶다. 생일파티는 못 해도 사랑한다, 공주님.

불법

젊은 택시 손님이 건대에서 이태원으로 가면서 말한다. 대한민국은 학벌이나 지식은 소용없다고. 돈이 얼마나 있느냐가 중요하다고. 벤츠, BMW 같은 차를 타야 돈이 좀 있다고 생각하며 사장님, 한단다.

손님 말을 옮기자면 마약 엑스터시를 구입하는 분들이 경찰, 국회의원, 교수, 지식층이라고 한다. 지식층이 망가진 세상이라고 한다. 그들이 마약을 살 때는 보통 300만 원어치씩 사가고, 많이 살 때는 500만 원어치도 구입해간다고 한다.

자신은 불법 영업만 해서 돈을 번다고 했다. 안마시술소도 불법으로 한단다. 한 달 수입은 평균 1,000만 원에서 1,500만 원을 번다고 큰소리 땅땅 치며 말했다.

정말 정직한 지식인은 없는 걸까? 물질에 돈에 지식인들이 죽어가는 세상이 되었다. 무조건 고급 외제차 타면 성공한 사람인가? 돈 좀 쓰면 훌륭한 사람이 되는 시대가 되었다.

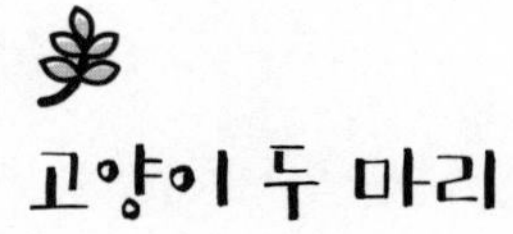

고양이 두 마리

양재동에서 30대 여자가 택시에 타서는 택시 안에 비치된 내 책에 관심을 보인다. "책을 쓰셨네요?" 손님은 책을 집어 들어 잠깐 읽어보더니 "글을 잘 쓰시네요"라고 한다. 나는 칭찬에 감사하다는 말과 함께 좋은 이야기를 들려주면 다음 책을 낼 때 함께 쓰겠다고 이야기했다. 그때 들은 이야기다.

손님은 얼마 전 집에 불이 나 죽을 뻔했다고 했다. 가스레인지에 음식을 올려놓고 잠이 들었던 것이다. 얼마를 잤는지, 집에서 키우는 고양이 두 마리가 야옹야옹 울면서 잠자는 주인의 머리를 뜯고 잡아당겨 눈을 떠 보니, 방안이 뿌옇게 보이더란다. 그래서 렌즈를 끼고 잤나 싶어 렌즈를 빼려고 하는데, 냄새가 심하게 나더란 것이었다. 급히 주방으로 가보니 음식을 조리하던 데에서 불이 붙어 타고 있었다고 했다. 싱크대 옆에 있던 행주에 불이 붙어 싱크대 밑 고양이 집으로 불씨가 떨어지고 만 것이었다. 고양이들이 놀라서 잠자는 주인의 머리를 뜯고 잡아당겨 깨운 것이다.

고양이들은 영물이라 했다. 생명과 재산을 화재로부터 구해낸 영웅 고양이 두 마리. 가족의 생명을 구하고 화재를 막아 재산을 구한 사랑스러운 고양이 두 마리를 가족의 일원으로 삼아 오래오래 사랑하며 살아가시기를.

로비

한번은 어느 사장님께서 사장실로 직접 올라오라고 호출했다. 올라가니 로비에 가서 사모님을 모시고 어디에 다녀오라고 했다. 알겠다고 대답한 뒤 사장실에서 나왔으나 나는 로비가 어딘지 몰랐다. 대연각 빌딩 16층 사무실에서 엘리베이터를 타고 내려오면서 한 신사에게 물었다.

"내가 운전기사인데 로비가 어디에 있죠?"

"로비요? 명동 사보이호텔 1층이 로비예요."

나는 주차장에서 차를 몰고 사보이호텔 주차장에다 세워놓고 호텔 1층으로 갔다. 사모님은 계시지 않고 시간만 흘렀다. 나는 몸이 두근대고 호흡이 빨라졌다. 아니나 다를까, 비서실에서 연락이 왔다. 사모님이 기다리다 택시로 가셨단다.

그 건물 1층 로비에서 사모님을 만나 모시고 다녀오면 될 일을 근처 호텔 로비까지 찾아갔으니, 무식한 운전기사의 우스운 실수담이다.

나는 로비가 무슨 말인지 알 길이 없어 책방에서 작은 옥편을 사서 찾아봤다. 옥편에는 대연각 빌딩이면 대연각 빌딩 1층이 로비라 되어 있었다. 사보이호텔이면 호텔 1층이 로비라 되어 있다. 로비가 그렇게 많고 다양한 건물마다 있다는 것을 그제야 알았다.

수많은 사람들이 로비를 오가며 많은 일들을 만들어갈 것이다. 인생을 살아가는 길도 수만 가지가 있다. 많이 배우고 많이 알수록 아는 것만큼 머리를 써야 하고 골치가 아플 것이다. 자신의 가치를 높이 보기 때문이다. 나처럼 평생을 운전기사로 살아온 사람도 있다. 평생을 떡만 만든 사람도 있다. 평생을 화장터에서 마지막 가시는 분 뼈를 곱게 빻아서 슬픈 상주들에게 넘겨주는 사람도 있다. 직업으로는 대통령부터 미화원까지 있다.

선택한 직업이면 최선을 다하라. 그 직업이 싫으면 그만둬라. 수많은 직업 중에 할 일이 없겠나. 내가 하기 싫어 찾지 않는 것뿐이다. 그런데 세상을 원망하고 불평불만만 한다.

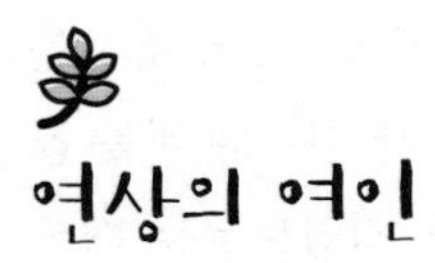

연상의 여인

어느 날 남녀가 신사동에서 탔다가 대치사거리 고개에서 내렸다. 그 후 일주일 정도 지났을 때 전화 한 통을 받았다. "누구시냐"고 물어보니 며칠 전 내 차를 탔는데 친절하게 해줘서 필요할 때 이용하려고 명함을 받아놓았다는 것이었다. 그는 갑자기 강원도 속초에 갈 일이 생겨 전화했다며 전에 자기가 내렸던 대치사거리 고개 주유소 앞으로 와서 다시 전화를 해달라고 했다. 내가 전화를 받은 때는 오후 5시 30분이 지나고 있었다.

전화를 끊고 명동에서 강남 대치사거리 고개 주유소 쪽으로 달렸다. 자동차들이 약간 밀려서 갔다. 나는 대치사거리 주유소에 도착해 전화를 했다. 전화를 받은 젊은이는 골목길에서 내 차 쪽으로 걸어왔다. 키가 180센티미터쯤 되는 것 같았다. 옷은 검정색 반팔 티와 반바지를 입고 있었고, 운동화는 흰색 운동화를 신었다. 비상 깜빡이를 켜놓고 있는 내 차로 와서 탔다.

"어르신 안녕하세요?" 예의를 갖춰 인사하는 모습이 보기 좋았다. 나도 손님에게 인사를 했다. 그러고는 어디를 가는지 물어보니 강원도 속초의 어느 바닷가 작은 민박집을 찾아간다고 했다. 민박집에서 자기를 기다리는 여자가 있다고 했다.

"택시 요금은 얼마를 드릴까요?"라고 묻기에 망설이니 20만 원을 주겠다고 했다. 지금 찾아가는 여자가 일주일 전에 청년과 함께 탔던 여자라며 "그 여자 예쁘죠?"라고 묻기도 했다. 사실 기억은 잘 안 났지만 그렇다고 대답했다.

젊은이는 달리는 차 안에서 조수석 의자 머리 받침을 가슴으로 끌어안고는 내가 잘 들을 수 있게 말을 했다. 젊은이는 서른여덟이고, 여자는 마흔여덟이라고 했다. 일주일 전 속초에 있는 여자를 데리고 젊은이 가족에게 인사를 시켰으나 여자의 나이를 알고는 모두 결혼을 반대하셨단다. 화가 난 부모님은 젊은이에게 할머니를 데려다가 무엇을 할 거냐며 꼭 결혼을 할 거면 호적을 파가라고 하셨단다. 여자는 울면서 젊은이 집에서 나가버렸고, 그 후로 연락이 끊겼는데 오늘 전화가 왔다는 것이었다.

젊은이는 가족과는 헤어지더라도 속초에 있는 여자와는 헤어질 수 없다며 여자가 있는 곳에 도착하면 무릎을 꿇고 다시 청혼할 것이라고 했다. 부모형제도 버릴 수 있는 사랑, 목숨도 버리려 했던 여자. 너무나 아름답고 귀한 사랑이라는 생각이 들었다.

젊은이는 사업을 한다고 했다. 종업원도 여섯 명이라고 했다. 그 여자는 얼마나 예쁠까. 무슨 매력이 있기에 남자가 부모를 등지고라도 포기할 수 없다고 했을까.

어느새 택시는 대관령 고개를 올라가는데 젊은이가 휴게소에서 쉬었다가 가자고 했다. 나는 휴게소로 들어갔다. 젊은이가 "내리세요, 우동이나 한 그릇 먹고 가시지요"라고 한다. 둘이 우동을 먹고 속초를 향해 출발했다.

젊은이는 순간순간 자동차가 지나가는 위치를 여성에게 전화로 알려준다. "조금만 기다려. 사랑한다."

젊은이의 사랑은 부모도 그 어느 신도 막을 수 없을 것 같았다. 강릉을 지나 속초 방향으로 들어서자 비릿한 냄새가 코끝을 스쳐 지나가곤 했다. 멀리 백사장도 보이고 모래 위에 빽빽하게 들어서 있는 소나무들이 참 아름답고 보기 좋았다.

나는 젊은이가 가자는 대로 바닷가로 들어갔다. 가다가 다시 나오고, 또 작은 길로 들어갔다가 나오고를 반복했지만 민박집을 찾을 수 없었다. 젊은이도 내게 미안한지 바닷가 어느 솔밭 주차장에다 차를 세우라고 하더니 걸어서 찾아보고 오겠다며 그냥 나갔다.

젊은이는 사랑을 찾아갔다. 그러더니 돌아오지 않았다. 나는 솔밭 사이로 까만 옷을 입은 젊은이가 간 길을 따라 찾아가볼 생각도 해봤다. 약속하고 간 택시요금을 안 받았기에 초조함과 불안감이 몰려왔다. 차에서 내려 젊은이가 걸어간 길을 쳐다보고 살피며 자동차 주위를 뱅뱅 돌았다.

그때 바닷가에서 까만 젊은이가 소나무 사이를 이리저리 뛰어 내 차로 다가오는 모습이 흐릿한 달빛에 보였다. 그제야 나는 태연한 척 마음을 안정시켰다. 젊은이는 내게로 달려와 가쁜 숨을 몰아쉬며 말했다. “찾았어요.”

그는 내일 서울로 올라간다고 했다. 즐거운 표정이다. 나는 올라가는 택시 요금도 벌기 위해 서울로 갈 거면 조금 쉬었다 태우러 오겠다고 하니 비행기로 올라가겠다고 했다. 젊은이는 나에게 약속한 20만 원에 1만 원을 더 주며 식사나 하라고 씩 웃어보였다.

행복한 사랑 이루고, 부모님께도 효도하세요!

선택권은 내가 갖는다

반포동에서 30대 여성이 택시를 탔다. 아침 이른 시간이라 출근하는 줄 알고 "일찍 출근하시네요"라고 했다. 그러자 손님은 출근이 아니라 퇴근이라고 했다. 낮에는 정상적인 직장생활을 하고, 저녁부터 알바하고 지금 퇴근하는 거란다.

자신은 목표가 돈이라고 했다. 오직 돈 벌기 위해 남자친구와도 헤어졌다고 했다. 돈이 많으면 결혼 상대도 고를 수 있으나, 돈이 없으면 결혼 상대를 고를 수 없다고 이야기했다. 또한 돈이 많으면 상대 남자에게 무시당하는 일은 없을 거란다.

내가 지금 가지고 있는 것이 얼마나 많은 건지, 행복한 건지, 자신을 먼저 알고 생각해보자. 너무나 많은 것을 가지고 있다는 것을 알게 될 것이다. 깨닫게 될 것이다.

내게 없는 것을 찾기보다는 내가 가지고 있는 무한한 잠재력과 능력을 찾아 활용하고 이용하고 써먹기를 바란다. 사람은 개발되지 않은 천재라고 했다. 누구나 천재이며 개발되고 활용할 것이 무한정하다.

장미와 같이 투덜대며 원망하지 말라. 가시나무는 쓸모없다고 생각을 했다. 쓸모없는 가시나무에다 장미꽃을 달아주고 이름을 장미라 하니 아름답고 그윽한 장미의 향을 주지 않았는가.

내가 가진 것이 없는 것 같아도 나의 장점이 뭔지 나를 먼저 알고 세상을 보도록 하라. 몸뚱이에 다리만 있는 새에게 날개를 달아줘도 날개를 활용할 줄 모르고 불평만 하며 무거운 날개를 왜 달아줬느냐고 불평하는 새가 되지 말라.

인간은 하나님께서 골고루 능력과 재능, 지혜를 주셨다. 세상을 보는 눈보다 나 자신을 먼저 보는 눈을 달아라. 남의 것만 보고 질투와 시기로 세상을 원망하며 살아가는 사람은 매일매일 후회만 할 뿐이다. 태어날 때 빈손으로 태어났으나 지금은 가진 게 너무 많다. 감사할 뿐이다.

죽는 방법을 찾는 여자

논현동에서 30대 중반의 여성이 택시에 탔다. 차 안이 더웠는지 까칠한 말투로 히터를 꺼달라고 한다. 목소리는 눌러놓았던 스프링이 튕겨 나오듯이 던지는 말투다. 히터를 끄자 "자양동 국민은행 앞으로 가요"라고 하고는 "미등도 끄세요"라고 말한다.

손님은 잠시 잠잠한 듯했다. 그때 내가 손님에게 명함을 드렸다. "제 명함입니다. 부족하지만 책을 썼어요." 손님은 의외로 "책을 기사님이 썼다고요?"하며 믿어지지 않는다는 표정으로 반응을 보인다.

손님은 옆에 꽂아놓은 책을 꺼내 읽어본다. "살아갈수록 황홀하다." 제목을 읽어보더니 택시기사가 무엇이 살아갈수록 황홀하냐고 말을 건넨다. 껐던 미등을 다시 켜달란다. 손님은 잠시 동안 조용히 책을 읽어본다. 말없이 책 넘기는 소리만 난다. 강북대로를 달리고 있는데, 책을 살 수 있느냐고 물어본다. 현금은 없고 카드만 있으니 내릴 때 책값과 같이 계산하겠다고 한다.

그는 '어떻게 하면 고생 안 하고 잘 죽을 수 있을까'를 생각하며 그 방법을 찾아다녔다고 했다. 세상을 부정적으로 보고 원망과 갈등을 일으키며 시비 걸고 싸우려 했단다. 그러다 보니 주위사람들은 하나 둘씩 떠나고 말았다고 했다. 자신을 학대하고 매일 술에 취해 살다 보니 지금은 알코올중독이 되었단다. 새벽 4시 30분. 밤새도록 술 먹고 자살할 생각을 하며 택시에 탔는데, 택시기사가 《살아갈수록 황홀하다》라는 제목의 책을 썼다니 무언가 울림이 있었나 보다.

손님은 내게 무엇이 살아갈수록 황홀하냐고 물어본다. 자신은 살아갈수록 지겹단다. 자신은 좋은 대학을 나왔다고 했다. 지식도 있고 지혜도 있다고 생각했단다. 그러나 지금 와서 보니 무능한 자신이 싫고 세상이 싫어 죽음을 선택한 것이라고 했다.

왜 그런 생각을 했냐고 물어보니, 세상에서 제일 친한 사회에서 만난 언니가 돈이 급하다고 해서 자신의 목숨과도 같은 돈 1억을 빌려줬단다. 그런데 언니는 돈을 빌려가고 소식을 끊었다고 했다. 다른 사람들을 통해 알아보니 여기저기서 지인들 돈을 빌려 많은 돈을 만들어 도망간 사기꾼이란다. 그때부터 마음을 못 잡고 충격에 빠져 있을 때, 동거하던 남자가 있었는데 그 남자마저 남은 돈과 패물까지 챙겨 도둑놈 모양으로 자신의 곁을 떠났다고 했다. 그 후 모든 사람을 못 믿게 됐단다.

그 손님은 내게 묻는다. 무엇이 정말로 황홀하냐고. 나는 말했다.
"배우지 못했기에 손님들과 이야기 중에 작은 지식을 깨우칠 때 행복하고 황홀합니다. 평생 운전기사로 일을 하며 노동의 대가를 받았을 때 작지만 행복합니다."

나는 손님에게 이 책을 보시고도 마음이 변하지 않고 죽고 싶으면 죽기 전에 나한테 전화해달라고 했다. 손님도 약속을 했다. 손님은 택시비와 책값을 계산하고 내렸다.

그 후 손님에게서는 전화가 안 왔다. 손님은 죽는 방법을 찾는 여자가 아니라 세상의 한 일원으로서 배운 지식과 지혜로 잘 살아갈 것이다.

내가 쓴 이 책이 사람들에게 작은 희망의 빛이 되었으면 한다. 작은 촛불이 되어 어두운 마음을 환하게 비추게 되었으면 한다. 자신을 속이지 않는 것이 성공의 비밀이다.

두 번 결혼, 두 번 이혼

논현동에서 천호동으로 가신다는 50세 언저리의 여자 손님이 택시를 탔다. 손님이 먼저 "책을 쓰셨네요"라고 한다. "네"라고 대답하며 명함을 드렸다. 손님은 자신이 앞으로 얼마나 더 살지는 모르지만 자신의 이야기를 써달라고 했다. 손님은 뒷자리에 앉아 이야기하기가 불편한지 조수석 목받침을 끌어안고는 이야기를 시작했다.

그녀는 어려서 고향에서 함께 자란 동네 오빠와 결혼해 딸 하나를 낳고 4년을 살았다. 처음에는 서로가 좋아 결혼했기에 사랑도 했다. 세월이 흐르자 생활력도 없던 남자는 술과 담배로 살았고 가끔 노름도 했다. 게으르고 무능했다. 가정은 어려워지고 가정을 지키기 위해 여자가 일을 해야만 했다.

식당 설거지, 서빙, 편의점 일도 했다. 닥치는 대로 일해 먹고 살았다. 그래도 남편은 변하지 않았다. 견디다 못해 그녀는 남편에게 이혼을 요구했다. 딸은 자신이 키우는 것으로 했다. 그녀는 남편과 이혼하고 먹고 살기 위해 알바를 하며 살았다. 쉬는 날에는 인터넷 카페에 들어가 카페 동호인들과 대화를 하고 한 달에 한 번씩은 만나서 식사도 했다. 그런데 카페에서 만난 여자 후배가 자신의 친구인 남성을 소개해주었다.

여자는 전 남편에게 실망이 커 남자는 다 똑같다고 생각했다. 싫다고 여러 번 거절을 했지만 계속되는 권유에 만남을 허락했다. 쉬는 날 식사나 한 번 해보자는 생각으로 나가 만났다. 그런데 나가서 만나 보니 남자가 키도 크고 잘생겼다. 식사를 하고 남자에게서 명함을 받았다. 여자도 남자에게 전화번호를 알려줬다.

그 후 일주일이 지나고 전화가 왔다. 처음에는 거절을 했으나 만나보고 싶은 생각도 있었다. 약속 장소인 식당으로 가서 만났다. 그날 맛있는 식사를 하고 영화 구경도 했다. 서로 좋은 감정을 느꼈다. 그 후 누가 먼저랄 것도 없이 전화를 하고 만남을 가졌다. 남자를 다시는 안 사귀겠다고 했던 마음은 흔들리고 말았다. 그래서 남녀의 관계는 마음대로 되는 게 아닌가 보다. 자신보다 어린 남자를 사랑하게 되었다. 남자도 사랑한다며 결혼하자고 했다. 남녀는 서로 사랑 얘기만 했다. 좋은 것만 보았다.

여자는 한 번 결혼했다가 실패했다고 남자에게 말했다. 남자는 그래도 결혼하자고 했다. 그런데 여자는 전 남편과의 사이에서 태어난 딸이 있다는 사실을 숨겼다. 딸이 있다고 하면 사랑이 깨질까봐, 사랑이 떠날까봐 두렵고 무서워 말을 못했다. 일부러 말을 안 한 것이다.

딸 얘기는 무덤까지 숨기고 가자고 마음에다 심었다. 그리고 양가 일가친척 지인들을 모시고 성대하게 결혼식을 했다. 남들이 다녀오는 여행도 제주도로 다녀왔다. 여행하는 동안에도 감사와 행복이 넘쳤다.

남자의 넓은 마음이 너무나 큰 산 같았다. 사랑을 다시 확인하고 또 확인했다. 행복이 가득한 여행을 마무리하고 돌아왔다. 두 사람은 신혼살림에 들어갔다. 너무나 큰 사랑을 했기에 가정은 행복했다. 깨소금 볶는 냄새가 넘쳤다. 잠시도 떨어지면 보고 싶고 옆에 있어도 불안할 정도로 행복했다.

딸은 친정에서 다른 지인 댁에 보내어 잘 키워주고 있었다. 딸을 잊은 엄마는 사랑에 취해 딸을 생각하지 않았다. 일부러 잊었다.

그렇게 산 지 3년이 지났다. 그런데 어느 날 술도 안 마시는 남편이 술을 만취가 되도록 먹고 한 지인의 등에 업혀 들어왔다. 그 후 다음 날도 그다음 날도 술 취해 들어왔다. 남편은 아내에게 친정으로 가라고 했다. 왜 그러느냐고 말을 해도 답은 없고 물건이나 집기들을 부수고 집어던졌다. 남편은 "당신은 나를 속인 나쁜 여자다. 내 눈앞에서 당장 사라져라"라고 말했다.

일주일쯤 지나고 남편은 "당신에게 딸이 있다는데 왜 내게 속였느냐"며 무섭게 그녀를 몰아세웠다. 사실대로 딸이 있다고 말했다. "당신을 너무나 사랑했기에 말 못했어요"라는 말과 함께 "딸이 있다고 사실대로 말하면 당신이 내 곁을 떠날 것만 같았어요. 말 못한 것 미안해요. 용서해줘요"라고 사과했다. 남편은 더 이상 함께 살 수 없으니 이혼하자고 했다. 여자는 자신이 잘못했기에 사랑도 행복도 다 놓아야 했다. 거짓말한 것, 숨긴 것이 이렇게도 인생에 상처가 클 줄이야. 솔직히 처음에 말을 할 걸, 지금 후회도 해보지만 답도 없다.

사랑은 고통이다. 괴로움이다. 사랑은 아주 짧다. 자신이 잘못했기에 남편이 원하는 대로 이혼하고 서로 사랑을 나누고 주고받던 사랑의 줄을 끊어버렸다. 두 번째 결혼도 실패로 파장을 맛보았다. 산다는 것이 이렇게 어렵다는 것을 또 알게 되었다.

여자는 결심을 했다. 다시는 남자를 만나지 않고 사귀지 않겠다고. 마음에 아주 깊이 심었다.

이제는 자신이 그동안 돌보지 못했던 딸과 행복하게 살기 위해 일을 시작했다. 돈이 되는 일은 닥치는 대로 했다. 식당 설거지와 서빙부터 시작해 밤에는 야간 업소에서 주방 일을 했다. 자신을 학대하며 몸을 혹사시키며 돈만 벌다가 과로로 쓰러지고 말았다.

51세에 그녀는 병원으로 실려 갔다. 깨어났을 때는 병원 응급실이었다. CT, MRI검사가 끝나자 의사가 보호자를 찾았다. 그때 그녀가 듣고 "보호자 없습니다. 제게 말해주세요"라고 했다. "환자분은 유방암이 오래 되어 대장암까지 전이되었어요. 6개월에서 8개월 정도밖에 못 살 것 같습니다." 그녀는 확인 차 다시 선생님께 물었다. 선생님은 담담한 표정으로 "6개월 정도입니다. 그래도 치료를 열심히 해보시죠. 좋은 일이 있을 겁니다"라고 말했다. 그 후 입원한 상태에서 방사선 치료, 항암 치료를 받았다. 그러나 병원비가 어려워 퇴원을 하고 말았다. 자신은 암으로 죽어가는데도 그녀를 돌볼 사람이 없었다.

투병 중에 외로워하고 있는데 고향 초등학교 동창회를 한다고 시골에서 연락이 왔다. 생전 처음 초등학교 모임 연락을 받고, 죽기 전에 시골 고향 친구들을 만나보자는 생각이 들었다. 수십 년 만에 만난 코흘리며 놀던 친구들. 옛 모습은 있으나 알아볼 수 없는 친구. 그러나 서로 인사를 하고 이름을 대니 옛 모습들이 남아 있다.

그중에 당시 동네에서 제일 부잣집 아들이었던 남자 친구가 있었다. 그러나 그 친구는 초등학교 때 학교를 다니다 말고 일본으로 유학을 갔다. 그 친구는 일본에서 사업을 한다 했다. 일본에서 일본 여자와 결혼해 자식도 있다고 했다. 서울에서도 사업을 해 상당한 재력가란다. 동창 모임에도 그 친구가 많은 돈을 냈단다. 그 친구와 인사하고 명함을 받고 그녀도 연락처를 적어줬다. 그날 친구들과 옛날이야기를 하며 재미있게 놀았다. 피곤했지만 잘 왔다고 생각했다. 내가 이제 죽으면 못 볼 귀한 고향 친구들이다.

그 후 2주가 지났을까. 일본에서 온 친구에게 전화가 왔다. 식사나 하자고 했다. 약속 장소를 정해놓고 나갔다. 그녀는 사업하는 친구에게 시간적으로 피해를 주면 안 된다는 생각에 제 시간에 도착했다. 친구도 시간이 되어 도착했다. 친구는 꽃다발과 작은 머리핀을 그녀에게 안겨주며 선물했다. 51년 만에 처음 받아보는 선물이었다.

두 번 결혼하고 두 번 실패를 하고, 가정과 사랑이 모두 깨졌지만 그 사이에도 꽃다발과 머리핀 선물을 받아본 적이 없었다. 그런데 남자 동창에게 꽃다발을 받고 머리핀을 선물 받으니 너무 의외로 행복했다.

그날은 공원을 함께 걸었다. 서로 재미있는 얘기만 했다. 영화관도 갔다. 저녁 무렵에 집에까지 태워다주고 가는 친절을 베푸는 친구였다. 여자를 많이 생각하는 친구였다.

그 후 시간이 나는 대로 일주일에 한두 번씩 만났다. 그는 만날 때마다 꽃다발과 작은 반지, 귀걸이 등을 선물했다. 그녀도 그런 친구가 편하고 좋았다. 어느 날은 공원을 둘이 손잡고 걷고 있는데 그녀의 운동화 끈이 풀어진 것을 보고 그가 그녀를 벤치에 앉히고 무릎을 꿇고 운동화 끈을 느슨하게 풀었다가 다시 묶어주는 게 아닌가? 그녀는 정말 행복했다.

자신이 암 환자로서 6개월도 못 산다는 것도 잊고 그를 사랑하게 되었다. 그녀는 죽는 날까지 그 남자와 사랑하며 살고 싶었다. 그래서 고향에 친한 친구를 찾아 시골로 내려갔다. 친구와 만나 마음속에 있는 이야기를 털어놓았다.

자신이 암에 걸린 사실과, 그 동창과 만나고 있다는 사실, 그리고 그와 함께 살다가 죽고 싶다는 마음까지 고백했다.

이야기를 듣던 고향 친구는 그를 만나지 말라고 했다. 그가 고향에서도 다른 여자 동창들에게 접근해 이미 가정을 깨고 이혼한 친구도 있다고 한다. 지금 이혼 소송 중에 있는 친구도 있다고 했다. 그렇기 때문에 그를 만나지 말란다. 그녀는 이제 어찌해야 할지 잘 모르겠다고 생각했다. 이런 자신의 삶을 택시기사인 나에게 꼭 써달라고 부탁했다.

지금은 어디에 계신지 모르나 건강하게 행복하게 사시길 바랍니다. 책은 썼습니다.

책을 놓아버린 손

내가 운전하는 택시 조수석 의자 뒤편에다 내가 쓴 책을 제목이 잘 보이게 꽂아놓았다. 그리고 손님들이 택시를 타면 볼 수 있도록 “운전하고 있는 제가 저자입니다. 가시는 동안에 편하게 읽어주세요”라고 글로 써 붙여놓았다.

손님이 차에 타면 “제가 쓴 책입니다. 읽어 보세요”라고 말을 건넨다. 그러면 어떤 손님은 “봤어요” 하고 한마디 툭 한다. 책이 아니라 소가 닭 보듯 책을 본다. 가끔 책을 꺼내어 읽어 보다가 그냥 꽂아놓으며 “어떻게 책을 쓰셨어요?” 묻는 손님도 있다. “힘드셨겠네요.” 위로의 말을 하기도 한다. “다음에 기회가 되면 사 볼게요”라고 대꾸하는 손님도 있다. 택시 안에서도 책은 이미 놓아버린 상태의 손이다.

택시를 타면서부터 핸드폰을 만지작거리며 이어폰을 귀에다 꽂고 히죽히죽 웃는다. 택시를 탈 때부터 전화 통화하며 도착할 때까지 통화를 하기 때문에 행선지를 물어보기도 힘들다. 말 거는 것도 기회를 봐서 해야 한다. 책은 안 사더라도 읽어볼 수는 있으련만 책에는 아예 관심이 없는 듯하다.

핸드폰에 빼앗겨버린 책을 읽는 손길은 어디에 가면 찾을 수 있을까? 나는 책을 써서 서점에 출간하고 난 다음에 일부러 지하철을 타고 왔다 갔다 하며 지하철에서는 사람들이 책을 얼마나 읽는가 확인해보았다. 양재동에서 목동역까지 갔다가 돌아오는 도중에 책을 읽는 사람은 두 명이 있었다. 그런데 두 명 다 일반 서적이 아니라 전문 서적이었다.

모든 사람은 스마트폰에다 이어폰을 연결해 귀에다 꽂고 손으로 스마트폰을 만지며 행복해한다. 스마트폰에 뺏긴 책의 손길. 스마트폰으로 많은 지식을 얻는다 해도 이렇게까지 책을 놓아버려야 했나. 책을 놓은 게 아니고 빼앗긴 것이다.

책을 잡고 책장을 넘기는 손길이 그리운 현실이다. 책을 잡았던 지하철 풍경이 생각난다. 옛 추억으로 아름답게 남아야 할 것 같다. 이제는 책을 쓰면 안 되나? 보는 사람이 없다.

그래도 나는 책을 쓰고 싶다. 아무리 힘들고 어려울 때도 희망은 있다. 소망도 있다. 작은 소망은 꿈으로 연결해준다. 꿈은 성공의 힘이 될 것이다. 절망에서도 인내와 끈기는 성공의 길잡이가 될 것이다. 사막에서 오아시스를 찾듯이 나는 성공의 책을 쓸 것이다. 눈 덮인 보리밭 고랑에서도 보리 싹은 자란다. 좋은 글로 독자들과 만날 것이다.

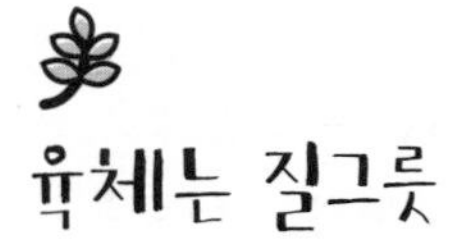

육체는 질그릇

60대 정도의 여자 손님이 택시를 세운다. 나는 비상등을 켜고 손님이 타시기 편하도록 차를 세웠다. 손님이 택시에 타자 나는 큰소리로 "안녕하세요" 하고 인사를 했다. 손님도 "안녕하세요" 하며 반갑게 인사를 해주셨다. 손님은 청평화시장에 가자고 했다. "네" 하고 대답하고는 책 제목을 넣어 만든 명함을 손님에게 드렸다. "제가 쓴 책입니다"라고 말을 했다. 손님은 "정말입니까?" 한다. "큰일 하셨네요" 하며 칭찬해준다.

책을 꺼내어 잠시 읽어본 여자 손님은 자신이 젊었을 때는 교육자였다고 했다. 지금은 은퇴 후 평화시장에서 옷을 떼다가 가게를 한다고 했다. 내가 "가게는 잘 되세요?" 하고 물어보니 손님도 먹고살 만큼만 된다고 했다. 먹고 사는 것에는 걱정을 안 한다고 했다. 그러고는 인생은 질그릇이라고 했다. 육체는 질그릇이라고 했다. 그릇은 언젠가는 깨지기 때문에 내 삶 속에 목적지가 확실하게 있어야 한다고 말을 한다.

인간의 머리는 혼을 담는 그릇이고 성령을 담는 그릇이라고 했다. 귀는 말씀을 담는 질그릇의 손잡이라 했다. 코는 생기를 담는 그릇이라고 했다. 입은 음식을 담는 그릇이라고 했다. 인간은 욕심 때문에 담기만 한다. 담고 또 담고 아무리 많이 담아도 만족하지 않는다. 그래서 인간은 담고 또 담고 채우다가 채우지 못하고 죽는다. 그것이 인생이다. 인간은 담고 채우기도 하지만 밑으로는 배설도 해야 한다. 배설하지 않으면 죽는다. 내가 가지고 담은 것을 이웃에게 나누어주어야 한다. 베풀어야 한다. 조금씩 물질을 흘리라는 말이다. 내가 알고도 흘리고 모르고도 흘리고 나와 함께하는 분들께 도움이 되도록 하라.

그릇은 언젠가는 깨지기 때문에 내 삶 속에 목적지가 확실하게 있어야 한다. 인생은 너무 짧다. 내가 가는 길에 이정표와 내가 맞추고자 하는 푯대가 있어야 한다. 내가 활을 쏴도 활을 힘껏 당겨 맞출 표적이 정확해야 한다. 내가 권총을 쏴도 표적이 정확해야 한다. 표적이 없이 하늘을 향해, 허공을 향해 쏠까, 아래를 향해 쏠까, 좌로 쏠까, 우로 쏠까, 목표와 푯대가 없는 삶은 이미 깨진 삶이다. 깨진 그릇이다. 인생의 목표가 확실해야 한다. 목표만 확실하면, 표적만 확실하면 내가 가는 꿈도 확실할 것이다.

내가 가는 길에 택시를 타고 가든 버스를 타고 가든 비행기를 타고 가든 걸어서 가든 내 삶 속에 가는 목적지를 정확하게 하라. 조금 늦게 도착하든 빨리 도착하든 알고 가는 길이라면 편안하다.

시간도 내가 조절할 수 있다. 그러나 내가 가는 인생길, 삶 자체를 모르고 간다면 세상에서 방황하며 산다. 작은 꿈, 작은 목표라도 세워 놓고 늦게 가든 빨리 가든 그 길을 가라. 그러면 희망의 길이 생길 것이다. 지금은 아무것도 안 보인다 해도 꿈을 향해 가라. 목표의 언덕이 보일 것이다.

세상의 욕심은 바닷물을 다 퍼 마셔도 갈증이 가시지 않는다. 배우면 배운 만큼 욕심이 크기 때문이다. 배운 만큼 권력이나 물질을 갖고 싶어 한다. 배운 자도 깨질 그릇이다. 질그릇의 원리를 빨리 알아야 성공한다. 배운 자는 머리로 먹고 살고, 못 배운 자는 몸으로 먹고 산다. 그러기에 몸이 고달프다. 일 할 것이 있다는 것은 피곤해도 행복한 것이다. 피곤해서 죽을 것 같지만 다음 날 일어나 또 일할 때 행복하다.

내가 죽어서 칭찬받을 수 있는 씨앗을 심어라. 일로 심어라. 온몸으로 심어라. 저승에서 복 받을 일을 하라. 밥그릇으로 살든 간장 종지로 살든 죽을 때는 아무것도 담고 가지 못한다.

인간은 늙으면서 병이 온다. 모든 성인병의 원인이 내가 먹는 것으로 인해 온다. 가난했을 때는 제대로 먹지 못해 성인병이 안 왔다. 적게 먹고 적게 담으니 병이 없었다. 인생은 밑 빠진 그릇이다. 욕심으로는 채울 수 없다. 욕심이 죄를 낳고 죄가 성장하니 사망을 낳는다. 희망의 말을 많이 하고 살아라. 꿈을 꿔라. 사랑한다고 가족끼리 말로 하라.

오토바이 타는 알바생

11월 오후 5시 경, 찬바람이 불던 날 낙엽은 떨어져 차도에 내려앉고 달리는 자동차 바람에 낙엽은 바람개비가 되어 돌아가고 날아간다. 자동차 바퀴에 짓밟힌 낙엽은 한가하고 구석진 곳에 가서 모인다.

환경미화원 아저씨들은 빗자루로 낙엽을 쓸어 자루에 담고 생명을 다한 낙엽은 퇴비장으로 간다. 자신을 썩히고 또 썩힌 낙엽은 영양가 많은 거름이 되어 다른 나무들의 양식이 된다.

수유리에서 젊은 학생인 듯한 청년이 택시를 탔다. "어디로 모실까요?" 하니, 장한평역으로 가자고 한다. 젊은이는 누군가와 계속 통화를 한다. 여자친구인 듯하다. 여자친구에게 알바 끝나는 대로 장한평역으로 바로 오라고 하고는 전화를 끊었다.

나는 이때다 하고 "뒤에 꽂아 놓은 책이 제가 쓴 책입니다"라고 했다. 청년은 책을 꺼내들고 한참을 읽었다. "책 쓰기가 어려운데 어떻게 책까지 쓰셨어요?" 한다. 나는 청년에게 하고자 하는 마음만 있다면 뭐든지 할 수 있다고 이야기했다.

청년은 자신의 이야기를 써 달라고 했다. 차 안에서 자신에 대해 이야기를 해주었다.

젊은이가 초등학교 다닐 때만 해도 아버지, 엄마, 할머니와 단란하고 행복한 가정이었다고 한다. 그러던 어느 날인가부터 아버지와 엄마의 다툼이 생겼다. 처음에는 한 달 정도 간격으로 다투었다고 했다.

어느 날 아버지가 집에 돌아오지 않던 날 엄마는 불안한 몸짓과 표정으로 사방에 전화를 했다. 아버지는 끝내 그날 들어오지 않았다. 그 날 이후로는 아버지와 엄마는 일주일이 멀다 하고 싸우고 살림살이를 집어던지고 깨트리고 때려부수고 말았다. 급기야 아버지는 엄마를 때리기까지 했다.

그 후 엄마가 어디론가 나가고 말았다. 가출한 엄마를 찾던 아버지는 엄마가 있는 곳을 알게 되었다. 아버지와 엄마는 누구의 잘못인지 모르지만 이혼을 하고 말았다. 엄마도 떠나고 아빠도 어디로 나가 다른 여자와 새 살림을 차려 산다고 했다. 젊은이는 할머니와 둘이 살게 되었다. 할머니와 둘이 살던 젊은이는 중학교를 들어갔다. 중학교 생활도 평탄치 않았다. 중학교 친구들을 잘못 만나 나쁜 친구들과 어울리게 되었다.

학교에서는 문제가 있을 때마다 부모님을 모셔오라 했으나 모셔갈 수 없었다. 할머니가 한두 번 학교를 찾아갔다. 그러다 젊은이는 학교를 그만두게 되었다고 한다. 그 후 미성년인 젊은이는 나이를 속이며 일을 해서 할머니와 먹고 살았다고 했다.

그러던 중 또래 친구 중 오토바이 배달 일을 하는 친구가 함께 일을 하자고 했다. 친구를 따라 찾아가 오토바이 타는 배달 일을 시작했다. 배달은 위험하지만 재미도 있었다. 짜릿한 스릴도 있다. 건수대로 돈을 받으니 더욱더 신나는 일이라고 했다.

빨리빨리 다니면 돈도 더 벌고 재미도 있다고 했다. 그러던 중 같이 오토바이 일하던 친구가 택시와 충돌해 사망하고 말았다. 교통사고 후 병원으로 옮기는 도중에 죽은 것이다.

친구를 하늘나라로 먼저 보낸 그는 자신도 언제 죽을지 모르지만 자동차 사이를 묘기하듯 자동차 피해 달린다. 지금도 오토바이 타는 게 두렵고 무섭다고 했다. 하늘나라로 친구를 보내고 오토바이 타던 날 너무나 무서워 택시만 보면 자신도 모르게 피하게 되었다고 했다. 그렇다고 그만둘 수도 없었다. 할머니 병원비와 생활비 때문에 오토바이를 타고 달리고 또 달려야만 했다.

젊은이와 이야기하는 도중에 장한평역 앞에 도착했다. 조금 기다리는 중에 예쁜 여자친구가 택시에 합승했다. 여자친구도 알바를 하는 친구인데 그 시간에 일이 끝나고 다른 알바를 찾아가는 길이라고 했다.

열아홉 살이라고 한 젊은 남녀 친구들은 다정도 했다. 젊은이들은 동부간선도로를 통해 창동역 쪽으로 가자고 했다. 야간 알바를 하는 집인가 보다. 젊은 남녀는 "여기 같은데? 아니야. 저기 같다" 하더니 "일단 내려. 전화하자" 하며 택시에서 내렸다.

두 젊은이가 세상에 잘 적응하며 살았으면 좋겠다. 또한 나쁜 길로 가지 말고 올바른 길을 선택했으면 싶다. 사회에 도움이 되는 모범 사회인, 봉사하는 사회인이 되길 바란다.

그렇게 되도록 어른들이 응원하고 좋은 길로 인도해줬으면 한다. 오늘도 차도를 달리고 있을 오토바이 타는 젊은이.

만남

나는 택시기사다. 핸들을 돌려 아름다운 가로수와 빌딩이 어우러진 서울 거리를 달린다. 손님이 있을 만한 곳을 찾아다닌다. 손님이 손을 들어 택시를 세운다. 나는 비상등을 켜고 손님 앞으로 세운다. 손님은 택시 문을 열고 차에 오른다. 나는 손님이 차에 앉기 전에 큰목소리로 정확하게 "안녕하세요"하고 인사한다. 따뜻하고 포근한 말로 인사의 씨앗을 손님의 마음 밭에다 심는다.

손님은 택시기사가 드린 인사를 자신의 마음의 밭에다 심고 "정말 친절하시네요"라고 한다. "그냥 친절한 게 아니고 정말 친절하시네요"라고 말한다.

달리는 택시 안에서 대화의 싹이 자라고 꽃이 피고 열매를 맺는다. 열매는 대화가 잘 안 되어 쓴 열매가 달릴 때도 있다. 달콤하고 행복한 기분 좋은 열매도 있다. 대화중에 괜히 말을 했구나, 하는 후회의 열매도 있다.

손님으로서 상품 가치가 없는 열매를 볼 때도 있다. 좋은 상품의 열매를 딸 때가 가장 기쁘다. 서로 대화를 나누고 위로의 대화를 주고받을 때 행복해진다. 따뜻한 인사 한마디에 마음은 편안해진다. 손님은 인사를 하고 마음이 안정이 되면 자신이 알고 있는 이야기를 하고 싶어 한다.

신림동에서 천호동까지 택시를 타고 간 30대 젊은 여성은 천호동에서 신랑과 판매업을 한다고 했다. 주로 신랑은 가게에서 판매를 하고 아내는 신랑 대신 물건을 사러 다닌다고 했다. 물건을 사기 위해 한 업자와 자주 만나고 지방으로도 물건을 사러 다니다 보니 정이 들고 신랑 몰래 좋아지게 되었다고 했다. 물건 사러 간다며 납품업자와 만나 즐기고 사랑놀이도 하고 지금까지 잘 지내왔다고 했다. 납품업자가 지금 신랑과 이혼하고 자신과 결혼하자고 한다고 했다. 자신은 초등학교 다니는 초등학교 3학년 아들도 있다고 했다. 아직은 남편이 모르고 있는 것 같다고 덧붙였다.

나는 젊은 여성에게 그 말을 들으며 내 자신이 소스라치게 놀라고 말았다. 요새는 남자가 바람을 피우는 게 아니고 여자가 바람을 피우는 시대가 되었구나 생각했다. 이 일을 어떡한단 말인가? 무슨 말을 손님에게 해줘야 하나.

나는 신랑이 아직 모르고 있다는 것 같지만 의심을 할 수도 있다고 이야기했다. 납품업자가 총각인지, 이혼남인지, 홀아비인지 모르나 선생님한테 이혼하고 결혼하자고 하는 것은 이혼한 손님에게 돈만 빼앗기 위한 것이지 손님을 정말로 사랑하는 것은 아니라고 말했다. 하루라도 빨리 남편이 눈치 채기 전에 납품업자와 관계를 끊으라고 했다. 아들을 생각하라고, 납품업자 말 듣고 현재 남편과 이혼하고 새로 결혼한다 해도 결코 행복하기는 쉽지 않다고도 이야기했다.

그녀는 나에게 말한다. 답답함을 친정 부모와 상의할 수도 없고 형제들한테 말할 수도 없단다. 하도 답답해 해결 방법을 찾지 못해 부모 같은 택시기사님께 말씀드렸다고 했다. 나는 무조건 하루라도 빨리 납품업자와 헤어지라고 했다. 간곡히 말은 했으나 30대의 젊은 혈기에 남녀가 어떻게 될지. 젊은 육체의 짜릿한 맛을 선택할지, 신랑과 어린 아들을 선택할지. 그 선택은 그녀 본인의 몫이다.

젊은 여자의 선택에 따라 한 가정이 행복할 수도 있고 불행할 수도 있다. 선택은 자유다. 인생길도 달라질 수 있다. 후회할 선택만은 안 했으면 한다. 후회할 때는 이미 늦은 것이라고 했다. 또한 내가 잘못된 것을 알았을 때가 가장 빠른 때라고 했다. 현명한 선택을 해서 행복한 가정을 이루길 바란다.

키 작은 할머니

진눈깨비 내리고 찬바람 몰아쳐 몹시 춥던 12월 어느 날, 한 백화점에서 손님을 내려드리고 압구정역 방향으로 달리고 있었다. 빈차 표시등을 켜고 가는데 가로수 옆에서 연로하고 체격이 아주 작은 분이 차를 세웠다. 하마터면 그냥 지나칠 뻔했다.

나는 어르신이 택시를 편하게 타시도록 최대한 가까이에 차를 세웠다. 비상등을 켜고 어르신이 타기를 기다렸다. 어르신은 종종걸음으로 차에 간신히 다가와 문을 열었다. 나는 어르신을 보는 순간 화가 났다. 저렇게 연로하신데, 어디를 가신다고 진눈깨비를 맞아가며 나오셨을까. 추운 날 왜 혼자 밖에 나오셨느냐고 어르신께 화가 나 볼멘소리로 얘기했다. 그러면서 "자식들 보고 태워달라고 하지 다치시면 어쩌려고 혼자 나오세요"라고 했다.

어르신은 자식을 5남매나 두셨다고 했다. 딸 셋은 약사고, 사위 셋은 교수라고 했다. 아들 하나는 대기업 이사라고 했다. 다른 아들은 사장이란다. 그런데 왜 혼자 나오셨냐고 물어보니 바쁘다며 3일에 한 번, 어느 때는 일주일에 한 번씩 다녀가며 먹을 음식을 사다주고 간다고 했다. 연로하신 어르신은 반포 쪽에 혼자 산다고 했다.

어르신은 자식들이 잘 해준다고 말했지만 내가 볼 때는 어머니 혼자 사시도록 아파트 하나 드리고 먹을 것만 갖다드리는 게 아닌가 마음이 아팠다. 잘 가르친 자식은 바빠서 어머니 혼자 예약된 병원 찾아가게 하고, 택시를 잡으려 해도 노인이라고 잘 안 태워주고, 그러다 내가 태워드리니 고맙다며 인사까지 해주신다. 광화문 병원까지 가시며 남편 살았을 때 잘해줬다는 이야기부터 가족들의 이야기를 도착할 때까지 해주셨다.

돈도 많고 해서 자식들 공부 다 시키고 살림 날 때도 집 한 채씩 사주고 자신도 아파트 한 채 가지고 혼자 산다고 했다. 아무튼 광화문 한 병원 앞에 내려드렸다. 노인이 바람에 넘어지지 않을까, 걱정에 걱정을 하며 멀어지는 노인을 백미러와 룸미러로 바라보았다.

그렇게 사랑하는 어머니의 마음을 자식들은 알까? 남들이 욕할까 봐 자식들이 먹을 것 많이 사다준다고 하시는데, 짐승을 키워도 먹을 것은 사다 댈 것이다.

아무튼 훌륭하신 자손들을 두셨으니 행복하게 오래오래 건강하게 사시길 바란다.

틈새시장을 찾아라

개포동에서 40대 후반의 여자 손님이 택시를 탔다. 처음에는 "안양으로 가주세요"라고 했다. "안양 어디로 가나요?"라고 묻자 손님은 인덕원으로 가자고 했다. 나는 과천 방향으로 달려가고 있었다. 시간은 오전 10시 경이었다.

그런데 손님은 누군가와 전화통화를 하더니 갑자기 김포공항으로 가달라고 했다. 나는 행선지가 변경되었기에 다시 확인을 해야 했다. "어디로 가신다고요?" 물으니 "김포공항이요"라고 했다. 나는 김포 쪽으로 방향을 옮겼다.

손님은 급한 성격 때문에 생각 없이 결정지을 때가 많다고 했다. 지금도 공장에 출근하던 길인데 광주에 있는 언니가 미국 들어가는데 승용차를 가져다 타라고 해서 전화통화 후 공장으로 가다가 계획을 바꾼 것이라고 했다. 공항에서 비행기로 광주에 가서 올라올 때는 차를 손수 운전하고 와야 한다면서 "될 수 있는 한 빨리 가주세요"라고 했다. 자신은 급한 성격 때문에 어려움에 처할 때가 있지만 그래도 추진력이 있어 일이 잘 될 때가 더 많다고 했다.

그는 자신은 좋은 대학을 나왔지만 신랑이 벌어다주는 돈으로 살림만 했다고 했다. 그런데 신랑의 사업이 부도나서 가정이 어렵게 되자 아이들과 집에서 알바로 할 수 있는 일이 뭐가 있을까 찾다가 동네 사람들이 하고 있는 물건에다 상품 스티커 붙이는 알바를 시작했다고 한다. 일을 하다 보니 자신의 돈은 하나도 없어도 일을 할 수 있고, 돈을 벌 수 있다는 생각이 떠올랐다고 한다.

그런데 자기보다 먼저 일을 하고 있는 사람들은 그냥 자기가 일한 만큼만 수고비를 받고 있었다. 그래서 자신은 조립사업을 해야겠다고 준비를 하고 조립 물건을 대주는 사출 공장과 상표 스티커 붙이는 일 대주는 곳을 확보해놓고 세 명이서 시작했다고 한다.

돈을 들여 어떤 자재를 사서 일하는 게 아니고 공장에서 몇 개를 조립해달라고 하면 조립만 해주면 되는 중간 역할이라고 했다. 그리고 그런 일은 재고가 없다고 했다. 공장에서 보내온 물량대로 조립해서 내보내면 된다고 했다.

어떤 용기에 스티커 부착하는 것도 공장 자체에서 용기와 스티커를 보내오면 보내온 대로 스티커만 붙여주면 전량 가져가기 때문에 재고가 남거나 손해볼 일은 없단다. 그렇게 돈 한 푼 없이 생각과 급한 성격으로 추진해 시작한 것이 지금은 종업원만 50명이 된다고 했다. 남자 직원이 없어 물건 싣고 내릴 때 애를 먹는데 지금은 남자 직원도 다섯 명이나 된다고 자랑했다.

지금 생각하니 오래도록 플라스틱 조립 일과 스티커 붙이는 일을 해온 사람들이 많이 있었으나 본인이 사업을 해볼 생각은 없고 오직 일하고 일한 만큼의 돈만 받아다 생활에 보탬이 되게 쓰는 일만 했던 사람들이다. 그러나 4년제 대학을 나오고 머리에 든 지식과 지혜를 가진 플라스틱 조립 공순이는 달랐다. 내 돈 하나도 안 들이고 돈을 벌 수 있다는 것을 배움의 눈으로 보게 된 것이다.

지금도 조립하는 물건 스티커 붙일 일거리를 찾는다고 했다. 본인은 가장 낮은 플라스틱 조립공 공순이라고 내게 말했다. 그분은 대기업 상품 케이스 조립과 상표 붙이는 일을 찾아다닌다고 했다. 지금도 개척의 발걸음을 멈출 수가 없다고 했다.

조카가 플라스틱 공장을 한다고 했더니 그곳에도 조립 물건이 있을 거라며 소개해달란다. 나는 사장과 김포공항까지 가면서 많은 것을 배우는 계기가 되었다. 자기 자본, 자기 돈 한 푼 투자하지 않고도 창업할 수 있다는 것을 배웠다.

지금도 사장님이 하시는 일, 사업 말고도 틈새에 일거리가 어느 분야에서나 있을 것이다. 낮은 자, 작은 자라도 적극적으로 일거리를 위해 찾고, 구하고, 두드리는 사람에게는 성공의 문이 열릴 것이다.

한번은 라디오에서 한 고등학생이 버스 시간을 알려주는 시스템을 개발한 일화에 대해 들었다. 그 학생은 등하교 시간에 버스 시간을 제대로 맞추지 못해 지각할 때가 있었다. 버스정류장에 와 보면 버스가 막 출발한 적도 많았다고 했다. 그래서 자신의 학교 주변의 버스 회사마다 출발 시간과 정거장 도착 시간 등을 조사해서 기록했고, 그걸 확장해서 서울 시내버스에 적용했다. 학생은 자신이 버스 출발과 정류장 도착하는 정돈된 시스템을 서울시에다 이야기해서 활용하도록 했다. 지금 버스정류장에 가면 몇 번 버스는 몇 분 후에 도착한다는 방송과 글자가 나온다. 그리고 경기도 광역 버스까지도 함께 통합하여 사용하도록 되었다는 말을 라디오 방송을 통해 들었다.

내 자신이 개발하지 않고 남이 하고 있는 모든 발명품을 모으는 일, 서로 접목시키는 일이야말로 틈새시장이다. 성공의 시작이다. 스티브 잡스도 틈새시장으로 성공한 사람으로 나는 생각한다. 틈새시장으로 성공한 사람들은 지식보다는 지혜가 많았다는 것을 알 수 있다.

장기 팔러 가는 젊은이

5월, 맑고 푸른 하늘에서 파란 잎이 날아와 달리는 자동차 유리를 그냥 통과해 들어올 듯한 좋은 날이다. 논현동에서 20대 전후의 앳된 모습의 남녀 둘이서 택시에 탔다. 나는 인사를 반갑게 했으나 두 사람은 아무런 대답이 없다. 두 사람은 한참을 달려도 대답이 없이 묵묵히 있고, 자동차는 올림픽대로를 달려가고 있었다. 조금 시간이 흐르자 아가씨가 먼저 울며 "오빠 미안해" 한다. 남자는 무엇에 화가 났는지 말대꾸도 안 한다. 한참을 말을 안 하고 참고 있던 남자가 말을 한다. 그 말이 충격이었다.

젊은 남녀는 서로 만나 사랑하게 되었는데, 따로 살면서 만나다 보니 돈이 많이 들어서 동거하기로 한 모양이었다. 돈벌이는 없는 현실이었지만 젊은 남녀는 행복하기만 했다. 하지만 너무나 행복했기에 현실을 못 보고 있었다. 아마 모른 척 안 보려 했을 것이다. 사랑 때문에 아무것도 못 보고 눈은 떴으나 눈 뜬 장님이 되고 말았다.

이들은 살아가기 위해 빚을 지기 시작했는데, 그 빚이 점차 늘어나 젊은이들이 감당하기 어려운 큰 빚이 되었다. 눈덩이 커지듯이 늘어나고 커지는 것을 사랑 때문에 몰랐을 것이다. 큰 방죽이라도 작은 구멍이 나면 커져 막을 수 없게 된다. 나중에는 사채에까지 손을 댔다. 어린 젊은이들은 사채가 얼마나 무서운지 몰랐던 것이다. 방죽의 빚의 물은 조금씩 새다가 지금은 막을 수 없는 상태가 되었다.

사채업자는 남자에게 장기를 팔아 빚을 갚으라 했다. 택시 타고 사채업자와 병원에서 만나 장기 떼러 가는 길이라고 했다. 처음에는 200만 원, 300만 원 사채를 쓴 게 이자에 이자가 복리로 늘어나 큰 빚의 방죽이 되었다. 빚의 방죽은 터지고 말았다. 남자는 지금 가서 장기 팔아 빚을 갚고 나면 그녀와 헤어진다고 했다. 여자는 어떡하느냐며 울기만 했다.

장기 받을 사람과는 미리 검사를 다 받았다고 했다. 여자는 울면서 어디로 도망가자고 한다. 철없는 사랑놀이에 책임질 수 없는 놀이에 젊은 남자는 세상에서 올바른 삶을 살아보지도 못하고 장기 먼저 팔아야 하는 안타까운 운명에 맞닥뜨리고 말았다. 피해갈 길이 없는 빚의 방죽은 곧 무너지고 말았다.

택시에 탄 젊은이 외에도 많은 젊은이들이 사랑의 노예가 되어 현실을 인식하지 못하고 있는 사이에 사채업자들의 희생양이 되고 있다. 그런 젊은이들을 구해야 될 것 같다.

젊은이가 수술 후 건강을 빨리 회복하기를 기원한다. 지금의 경험을 재산 삼아 크게 성공하고 사회에 봉사하는 삶을 살기 바란다.

책임질 수 없는 사랑에 매여 사채 쓰고 사채업자에 장기 팔러 가는 안타까운 젊은이, 지금의 현실이 경험 되어 우뚝 서는 큰 성공의 삶 되기를 바란다.

일하지 않는 가장에게

어느 날 새벽, 남자 손님 두 분이 택시에 탔다. "안녕하세요. 어디로 모실까요?"하고 인사를 하자 한 손님이 삼성동 들렀다가 동서울터미널로 가자고 했다. "네" 하고 대답을 했으나 뭔가 개운치는 않았다. 두 손님이 이야기하는 도중 금방 삼성동 큰 단독집 앞에 도착했다.

한 손님이 내려 큰 저택으로 들어갔다. 남은 손님은 동서울터미널로 가자고 했다. 나는 '살아갈수록 황홀하다 작가'라고 쓴 명함을 손님에게 드렸다. 손님은 명함을 보더니 이야기를 들려주었다.

손님은 어떤 가장이 일을 안 하고 몇 년째 먹고 놀다가 보니 일을 해야 한다는 생각조차 잊은 것 같다고 했다. 그러면서 오늘은 그 친구를 만나 일을 해서 가정을 지키라고 말을 했단다. 할 말은 그때그때 해야지 할 말을 안 하고 참으면 말하지 않은 사람에게도 책임이 있다는 논리였다. 그래서 가장으로서 책임을 못 지는 친구에게 내용증명을 보내 이혼 소송을 하라고 했다는 이야기였다.

가장이 가정을 돌보지 않으면 이혼하란다. 자식이 먹고 노는 것을 알면서도 자식에게 말을 안 하면 말하지 않은 부모도 책임이 있다고 했다. 책을 읽다가 못 읽더라도 생각났을 때 읽으라고 했다. 그래도 내가 읽은 만큼은 남는 것이라고 했다. 생각났을 때 여행을 떠나라고 했다. 미루다가는 못 간다. 지금 여행을 떠나면 내가 간 곳은 마음속에 남아 있는 것이다.

지금 이 순간에 시작하라는 말이다. 지금 할 일을 책상 속에다 넣지 말라는 이야기다. 성실하게 일을 하라는 말이다. 바보같고 미련해 보이더라도 남보다 일하는 시간을 늘리다 보면 꿈을 이루는 자가 될 것이다.

성공이란 쉬운 것이 아니다. 손에 잡힐 듯 잡히지 않는 성공은 모진 겨울을 이겨내야 피어나는 이름조차 모를 잡초의 꽃과 같다. 남들이 몰라주고 남들이 나의 존재 자체를 몰라도 추운 겨울을 이기고 핀 이름 없는 잡초의 꽃도 있지 않은가.

나도 아무도 몰라줘도 나 자신을 위해 책을 쓸 것이다. 연필 잡고 뭔가를 쓸 때 나는 행복하다. 나는 나에게 채찍질하는 자가 되리라. 나는 내게 가혹한 자가 되고 잔인한 자가 되리라. 오늘도 나는 분노하는 인생을 살리라. 오늘이 마지막이라는 분노를 할 것이다. 내가 지치더라도, 넘어지고 쓰러지더라도 나에게는 분노할 것이다.

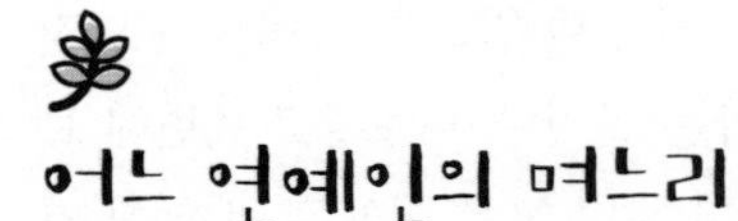

어느 연예인의 며느리

어느 연예인의 며느리라고 하는 50대 여자 분이 성북동에서 택시에 타셨다. 그분은 차에 타자 “터미널로 가주세요”라고 했다. 손님을 태우고 터미널 쪽으로 달려가고 있는데 손님이 내게 먼저 말을 걸었다. “사장님이 책을 쓰셨네요?” 손님은 잠깐 책을 읽고 나서는 “정말 고생 많이 하고 사셨네요”라고 말했다. 나는 손님의 말씀이 너무 고마워 “감사합니다”라고 대답했다. 내가 가난하게 살았기에 힘들고 어려운 분들께 용기를 드리기 위해 책을 쓰게 되었다고 말씀드리고 두 권을 또 쓸 계획이라고 말했다.

손님은 자신도 어려움에 처했을 때 용기를 얻게 된 것은 자신이 잘하는 것, 할 수 있는 것을 찾았기 때문이라고 했다. 시어머니께서 옛날에 연예인이었기 때문에 손님들 접대를 많이 했는데, 손님들이 음식을 잡수시면 맛있다고 칭찬해주셨다고 한다. 그래서 살림이 어려워지자 자신이 할 수 있는 일은 음식 하는 일이라고 생각하고 작은 식당을 차렸단다. 다른 식당과 달리 차별화해서 음식을 만들게 되었다고 설명했다.

모든 음식을 가정집에서 하듯이 했다고 한다. 또한 ‘매운 음식점’이라는 것을 처음으로 차리게 되었다고도 했다. 갈비도 매운 갈비, 탕도 매운 갈비탕으로 정성을 다해 집에서 음식 하듯이 했다. 그때만 해도 매운 음식만을 전문으로 만드는 데가 없어 다른 식당과 차별화 된 음식점으로 소문이 나기 시작했다. 경제는 어려운 시절이었지만 음식점은 잘 되고 손님들은 문밖에서 대기표로 기다리는 기적이 일어났다고 했다. 식당이 잘 되자 빚도 갚고 돈 벌러 미국에 나가 있던 신랑도 귀국해 식당 사업을 도와주고 행복한 나날만 보냈다.

그런데 문제는 사업이 잘 되자 너무나 바빠져서 초등학생 아들을 돌보기가 어려웠던 것이다. 그래서 아들에게 도시락만큼이라도 잘 싸 주자는 마음으로 예쁜 도시락을 싸줬는데 그 도시락을 친구들이 훔쳐간 모양이었다. 처음 도시락을 잃어버리고 온 아들을 크게 야단치지는 않았다고 했다. 그러나 아들은 두 번째 도시락도, 세 번째 도시락도 잃어버리고 왔다. 이렇게 놔둬서는 안 되겠다고 생각한 엄마는 약간 혼을 내고는 다시는 도시락을 잃어버리지 않도록 다짐을 받았다고 한다.

그런데 어느 날 식당에서 일하고 있는데 급히 연락이 왔다고 했다. 아들이 4층에서 뛰어내려 다쳤다는 것이었다. 병원을 찾아갔으나 아들은 중상을 입은 상태로 식물인간이 되어 있었다. 그 후로는 아들 옆에서 깨어나기를 기다리며 하나님께 기도했다. 어머니의 애틋한 사랑의 기도가 하늘나라에 닿았는지 아들이 3개월 만에 깨어나고 회복되기 시작했다. 아들에게 왜 4층에서 뛰어내렸느냐고 물으니, 엄마가 또 한 번 도시락을 잃어버리면 혼날 줄 알라고 해서 4층에서 뛰어내려 조금만 다치려 했다고 대답했다. 어처구니없는 대답이었다.

지금은 180센티미터가 넘는 건강한 아들이 되어 든든한 기둥 역할을 하고 있다고 했다. 그리고 매운 갈빗집 체인점이 생겨 큰 식당이 되었다고 하면서 자신의 이야기를 써달라고 하셨다. 지금처럼 순풍에 돛을 단 듯 항해하시기를 바라며, 좋은 이야기 들려주셔서 감사합니다.

무속인

50대 전후의 여자 손님이 택시를 탔다. 용산으로 일하러 가는데 행선지를 자신도 정확히 모르니 내비게이션에 주소를 찍고 빨리 가 달라고 했다. 나는 "네" 하고 대답을 하고는 알려준 주소를 내비게이션에 찍고 출발했다.

새벽 5시 경이라 달이 밝지 않았는데도 어두운 가로등 불빛에 비친 여인의 모습은 화장이 상당히 진하고 화려한 것을 알 수 있었다. "늦어서 그래요, 빨리 가주세요." 여자 손님은 자신은 어느 용역 회사에서 받은 알바 일을 가는 길이라고 했다. 회사에서 보내주는 대로 청소일도 하고, 잔칫집이나 장례식장에서 일을 하기도 한다고 했다. 장례식장에서 일을 끝내면 또 다른 곳으로 일하러 간다고 했다. 밤이고 낮이고 일이 있으면 시간과 장소를 가리지 않고 일한단다. 돈이 되는 일은 뭐든지 한다고 했다.

나는 여자 손님에게 물었다. "아저씨가 안 계신가요?" 아저씨는 안 계시고 초등학교 4학년인 딸과 둘이 산다고 했다. 그런데 손님이 내게 명함을 건네준다. 명함을 받고 가만히 들여다보니 유명한 무속인이었다. 손님은 사주, 궁합, 창업, 결혼, 직장, 이름, 취업, 신수까지 점을 봐주는 무속인이라고 했다. 여러 가지 문제점을 해결해준다며 사실은 거짓으로 돈도 많이 벌었다고 했다.

그러나 무언지 모르는 송사에 휘말려 모아놓은 많은 돈과 재산은 다 어디론가 날아가고 말았다고 했다. 새벽에 잠깐 끼었다가 사라지는 새벽

안개같이 무속인을 하면서 돈을 많이 벌었으나 그 돈은 송사를 통해 모두 사라지더라고 했다. 지금은 딸과 둘이 사는데 너무나 힘들다며 차라리 자기를 받아줄 사람이 있으면 시집이나 가고 싶다고 했다.

나는 이야기를 듣다가 교회에 나오는 조건으로 남자를 소개해주겠다고 했다. 그리고 교회에 나오겠다는 약속까지 받았다. 손님은 나에게 "인상이 좋고 좋은 곳에서 일을 하셨나 봐요"라고 했다. "아니요. 저는 평생 운전기사로 일을 했어요"라고 말하자 갑자기 나에게 오라버니라고 하겠다며 그때부터 '오라버니'라고 불렀다. 순간 놀라기는 했지만 듣기는 괜찮았다. 그런데 무속인을 하던 분이 오라버니라고 하니 덜컥 겁이 났다. 무슨 귀신이 씌워 나를 홀리는 것은 아닌가 생각도 됐다.

회사에 제출해야 하니 영수증을 달라고 했다. 그러고는 나한테 명함도 달라고 했다. 나는 영수증에 전화번호가 있으니 하실 말씀이나 연락 주실 일이 있으면 전화를 하라고 이야기하고 내려드렸다. 그 후에 나는 생각도 못 하고 있었는데 전화가 왔다. "오라버니, 저예요." "누구시죠?"라고 물었더니 "신림동에서 택시 타고 장례식장 간 오혜영이에요"라고 했다.

그 후로 시도 때도 없이 전화가 왔다. 우리 집에서도 알 정도였다. 나는 전화가 오면 교회에 먼저 나가자고 했고, 여자 손님은 남자를 먼저 소개해달라고 했다. 나는 교회를 먼저 나와야 교회에서 재혼하는 사람들을 위한 미팅에 참여하도록 해줄 수 있다고 설명했다.

얼마 후 여자 손님은 다른 사람의 소개로 여의도순복음교회를 나가며 하나님을 섬기고 있다고 연락이 왔다. 하나님을 만나게 해줘서 고맙다는 인사도 했다. 그러면서 강남 쪽으로 이사를 갈 텐데 자신을 데리고 강남순복음교회로 인도해달라고 했다. 나는 여의도 본 성전이 사람도 많고, 성령님과 은혜도 충만하다고 했다. 여의도 본 성전은 살아계신 하나님의 체험과 기적이 일어나는 곳이라고 했다. 그러나 여자 손님은 그래도 강남순복음교회로 가겠다면서 나한테 전화번호를 바꾸지 말란다. 연락을 계속 하고 싶다는 이야기였다. 나는 좋은 하루 되시고, 하나님 잘 섬기시고 건강하라고 했다.

또 전화가 올지 모르겠지만 남을 속이고 번 돈과 재물은 송사를 통해 없어지는 걸 깨달은 그 손님이, 앞으로는 노력해서 번 돈만이 돈의 가치가 있다는 것을 알고 오래도록 행복했으면 좋겠다.

노래방 도우미 엄마

30대 여자 손님이 새벽 3시 반 경에 택시에 타고 중곡동에 가자고 했다. 나는 "네" 하고 나의 명함을 드렸다. "부족하지만 제가 살아온 이야기를 글로 썼습니다."

손님은 책을 꺼내들고 읽어본다. 불이 어두운지 뒷좌석에 미등을 켜놓고 책을 읽는다. 말없이 한동안 책을 읽더니 "정말 고생 많이 하셨네요"라고 한다. 자신도 고생을 많이 하고 자랐다고 했다. 자신은 산다는 것이 지겹다고 했다. 너무 힘들고 괴롭기만 하다고 했다. 그런데 어떻게 살아갈수록 황홀하냐고 나한테 물어본다.

나는 대답했다. 산다는 것은 황홀한 일만 있는 게 아니고 힘들고 고통스럽고 괴로운 일들이 더 많은 것이라고. 그러나 세월이 지나고 보면 어제는 지난 추억이 되었고, 오늘은 살아 있으니 감사하고 행복한 게 아니겠냐고 했다. 내일은 무슨 일이 일어날지 기다려지는 기대도 있다고 했다.

나는 그녀에게 '오늘보다 내일이 나을 테지. 내일보다 모레가 더 좋아지고, 언젠가는 황홀한 삶이 오겠지'라고 생각할 때 희망이 있다고 했다.

여자 손님은 중학교 다닐 때 엄마와 아빠가 따로따로 바람을 피워 자식을 돌보지 않았다고 했다. 자신은 고등학교 들어가면서 일을 시작했다고 했다. 편의점, 주유소, 식당 설거지 일부터 피자집 서빙까지 돈이 되는 일은 안 해본 일이 없다고 했다. 그렇게 알바를 하며 고등학교를 스스로 졸업하고 대학교에 혼자 힘으로 들어갔다고 한다. 학자금을 마련하기 위해 여자가 할 수 있는 일은 다 해보고 몸 파는 일까지 해서 대학교를 졸업했다고 했다. 그러다 한 남자를 만나 결혼을 하고 의지하며 살고 있다고 말했다. 딸을 둘을 낳았는데 딸 둘은 최고로 키우고 싶단다.

그런데 삶이 너무나 힘들고 괴로움만 있다고 했다. 자신은 힘들고 삶이 고통스럽고 괴로운데 살아갈수록 황홀하다는 책을 보니 정말 황홀한 삶인가 알고 싶다고 했다. 자신은 지금 노래방 도우미 일을 하고 집으로 가기 위해 택시를 탔다고 했다. 살아가는 삶이 괴롭기만 하다고 했다. 책을 읽고 살아가는 황홀함을 배우겠다며 책을 샀다. 책을 읽고 읽은 소감을 글로 보내겠다고도 했다.

나는 딸들을 위해 뭐든지 하겠다는 엄마의 마음은 아름답지만, 가능한 하는 일을 바꾸고 행동 하나하나가 올바르지 않은 자리에는 가지 말라고 당부드렸다. 자식이 뭘 보고 배울까 염려와 걱정이 되었다.

자신의 부모가 따로따로 바람을 피웠고, 자신도 결혼해 딸을 둘이나 낳았으나 지금도 노래방 도우미를 하며 2차까지 간다는 엄마. 그녀의 딸들은 엄마를 보지 말고 세상의 밝은 빛을 보며 맑고 깨끗한 물을 먹고 마시며 살았으면 한다. 세상의 밝은 빛을 받으며 살아가는 가정, 엄마와 딸들이 되었으면 한다.

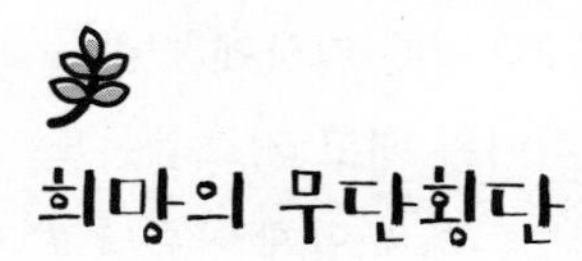

희망의 무단횡단

논현동에서 여자 두 분과 남자 한 분이 택시에 탔다. 서울역으로 간다고 해서 목적지까지 가는 길에 내 책 제목이 있는 명함을 드렸다.

그 후 일주일이 지나 현 부장님이라는 분으로부터 전화가 왔다. 그날 일행은 KTX를 타고 대전을 갔다고 했다. 대전에 내려 거래처를 빨리 가야 한다는 급한 마음으로 주변을 둘러봤으나 그들 일행이 서 있는 방향으로는 택시가 안 왔었나 보다. 사방을 살펴보다 건너편에 택시가 한 대 서 있는 것을 보고는 무단횡단을 해서 길을 건너갔단다. 그렇게 택시를 탔는데 택시기사가 "위험하게 왜 무단횡단을 해서 건너왔느냐"며 조금 전 자신이 겪은 일을 이들 일행에게 들려줬다고 했다. 그 이야기는 이랬다.

대전 택시가 건너편에 손님이 있어 불법 유턴해 손님을 태우고 출발했는데 바로 앞에서 경찰에 잡혀 딱지를 떼게 되었다는 것이다. 그러자 방금 탔던 손님이 말없이 내리더란 것이다. 택시기사는 '시간이 걸릴 것 같으니 그냥 다른 차를 이용해 가려나보다' 생각했다. 그런데 손님은 택시 뒤를 돌아 경찰에게 가서는 기사 분은 아무런 잘못이 없다며 "내가 급해서 불법 유턴하라고 했습니다. 내 잘못이니 내 면허증으로 딱지를 떼 주시고 대신 값이 싼 것으로 부탁드려요"라고 했단다.

자신의 면허증으로 택시기사를 대신해 딱지를 떼라는 손님은 택시기사 30년 넘게 일을 했지만 처음 봤다고 했다. 택시기사는 손님께 미안하고 고마워서 그냥 모셔다 드리려고 했으나 손님은 기사에게 하루 벌어 하루 사는데 무슨 돈이 있겠느냐며 택시비를 내고 거스름돈도 안 받고 내리셨단다. 세상이 각박하다고 생각했는데 이렇게 아름답고 좋은 분도 있다는 것을 알 수 있었다고 했다.

내 택시에 탔던 현 부장님은 대전의 택시기사로부터 이 아름다운 이야기를 전해 듣고 이것을 세상에 알리고 싶어 내게 메일을 보냈다고 했다. 이 이야기가 세상을 조금이라도 밝히는 데 도움이 되기를 바란다고 했다. 그리고 부장님은 자신의 이메일과 핸드폰 전화번호까지 내게 보내셨다.

나는 어느 날 문득 생각이 나서 현 부장님께 전화를 드렸다. "현 부장님, 좋은 글 보내주셔서 감사합니다." 부장님은 나한테 바쁜데도 전화를 해줘 고맙다면서 점심시간 조금 전에 전화를 다시 달라고 했다. 나에게 점심이라도 사고 싶다는 이야기였다. 나는 그 마음이 너무도 고마웠다. 세상에 현 부장님 같은 분만 있다면 더없이 맑고 깨끗한 아름다운 세상이 될 것 같다는 생각이 들었다.

현 부장님, 하시는 모든 일들이 번창하시길 기도합니다.

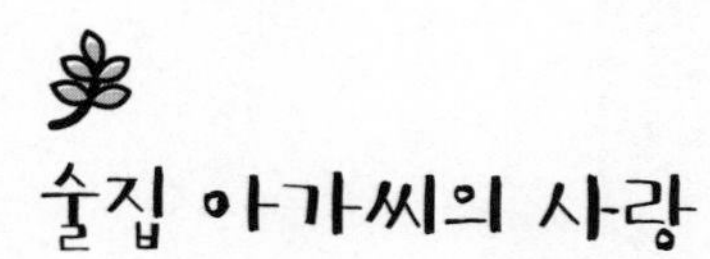

술집 아가씨의 사랑

울며 택시 탄 손님, 행선지는 말하지 않고 슬피 울기만 한다. 너무나 슬피 우는 아가씨 손님은 흐느끼며 "일산이요"라고 한다. 출발하며 물었다. "무슨 슬픈 일 있으세요?"

아가씨는 좋은 대학을 졸업했으나 취업이 안 되어 오랫동안 집에서 놀았다고 했다. 그렇게 놀고 있을 때 한 지인이 술집에 나가면 돈을 쉽게 벌 수 있다고 해서 그 후 술집에 나가며 많은 남자를 상대했다고 이야기했다.

그러던 어느 날 찾아온 점잖은 손님, 행동도 바르고 보통 사람들과는 달랐다. 술 마시고 돌아갈 때 남자에게 전화번호를 주었다. 그 후 서로 연락하며 사랑을 했다. 남자는 보고 싶다며 서울에서 일산으로 가고, 여자는 일산에서 남자를 보러 밤이고 낮이고 서울까지 찾아왔다. 남자는 아가씨의 과거와 현재의 술집 생활은 잊겠다며 자신과 결혼하자고 했다. 하지만 여자는 쉽게 돈 버는 맛을 보았기에 마음을 못 비운다고 했다. 쥔 손을 펴지 못하고 있었다. 술집에서 일을 끝내고 남자가 보고 싶어 눈물이 난단다. 가슴이 답답하고 두근대고 보고 싶어 전화하고 싶어도, 미안해서 전화하지 못한다며 일산 자신의 집에 도착할 때까지 울면서 갔다.

술집 아가씨에게도 진실한 사랑이 있나 보다. 사랑은 돌아다니는 것이라고 했는데 아가씨, 아름다운 사랑 이루세요.

퇴근길

1월의 어느 날, 오후 5시 경에 하루 종일 다람쥐 쳇바퀴 돌리듯이 손님 태우고 서울시내 쳇바퀴 돌린다. 때로는 손님을 찾아 공차로 쳇바퀴를 돌리기도 한다.

피곤해 졸음 쏟아지는 눈을 비비고, 졸음을 몰아내기 위해 머리를 양손으로 쳐 보기도 하지만 졸음은 도망가지 않는다. 눈을 동그랗게 떠보지만 잠시뿐이다.

졸음은 끈질기게 내게 덤벼들고 나를 괴롭힌다. 나를 잡아먹으려 한다. 껌도 씹어본다. 졸음은 씹다 버린 껌처럼 내게 붙어 떨어지지 않는다. 젊었을 때 졸음같이, 껌같이 끈질기게 인내하며 참고 최선을 다하며 살았더라면 큰 부자로 성공했을 것이다.

신호등에 서 있다가 깜빡 졸고, 깜짝 놀라서 정신을 차려본다. 졸다가 사고 날 것 같은 생각에 온몸으로 전류가 흐른다. 순간 졸 때 옆 손님이 알까봐 작은 눈을 또 한 번 크게 떠본다. 코는 골지 않았나?

어떤 손님이 앞 차에서 내려 내 차를 탄다. 손님이 하는 말이 신호등에 서 있는 순간에 택시기사가 코를 골며 잤단다. 그래서 무서워서 내려 내 차에 탔다는 이야기였다. 나는 안 졸린 척 손님을 모시고 핸들 쳇바퀴를 돌렸다.

양재동에서 탄 손님은 서울대학교로 가자고 했다. 금요일 오후, 차는 막히고 하루 일을 끝낸 해는 서쪽으로 저녁노을 붉게 물들인다. 지는 붉은 빛 눈부셔 해 가리게 내려 햇빛을 가린다.

하루 일 마치고 관악산 넘어가는 오늘 마지막 햇빛은 어찌 그리도 아름다운지. 눈부신 저녁노을은 평안을 준다. 하루 종일 봉사만 하고 달과 별들에게 임무를 넘겨주고 관악산을 걸어서 넘어가는 해야, 수고했다. 잘 가렴. 서울의 밤 달과 별은 볼 수 있을는지. 서울의 밤 달과 별을 본다는 것이 가로등 불빛 보고 달 봤다, 한다.

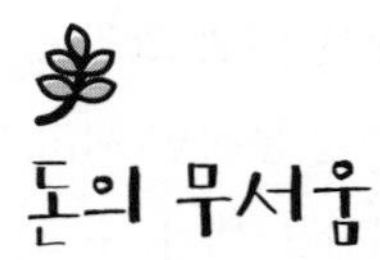

돈의 무서움

15년 째 새벽 4시에 일어나 택시 일을 나간다. 밤새도록 사업장에서 일하고 피곤한 몸으로 택시를 타는 손님, 밤새도록 술 마신 손님의 푸념과 객기를 받아주며 목적지까지 달린다.

때로는 참지 못할 만큼 분노도 난다. 하지만 이를 꽉 물고 참는다. 차 바닥에다 토하고는 토한 것을 발로 밟고, 그 발로 택시기사를 차면서 자동차 시트에다 오물을 묻혀놓는다. 옆에는 부인인 듯한 여자가 함께 탔으나 무서워 떨며 아무 말도 못한다. 말리지도 않는다. 경찰서까지 갔으나 돈도 없단다. 택시비도 안 되는 돈을 받고 내려줬다.

이럴 때는 세상이 원망스럽다. 이렇게 힘들게 돈을 벌지만, 가족들이 그 돈에 대한 귀함을 모른다고 느껴질 때는 섭섭함도 있다. 내 앞으로 여러 카드 회사의 카드를 만들어놓고는 마구 쓴다. 돈 버는 사람은 나뿐인데 이제는 은행 빚이 3억이 넘는 데다 카드 쓴 금액을 내가 막지 못해 빚 갚으라는 문자가 날아오고 신용불량자가 되고 말았다. 금융권 거래에 지장을 받기도 했다. 그래도 가족들은 돈이 얼마나 귀하고 무서운지 모르는 것 같다.

나는 올해가 가기 전에 모든 카드를 파기하겠다고 아내한테 말했으나 답이 없다. 관심도 없다. 카드를 내놓지도 않는다. 은행 빚은 잠도 안 자고 복리로 늘어난다. 아무리 싼 이자라도 누에가 뽕잎 갉아먹듯이 집이고 땅이고 모든 재산과 목숨까지 모두 갉아먹어 치운다.

빚에 쪼들린 가장은 우울증에 걸려 막다른 길로 몰리고 있는데 아직도 가족은 돈이 1순위고 돈이 얼마나 귀한 것인지 깨닫지 못하는 것 같다.

돈, 돈을 벌어라. 스스로 돈을 벌어서 쓰는 맛을 즐겨라. 모으는 것을 즐겨라. 돈이 새는 것은 막아라. 돈을 벌어 모으는 맛을 봐라. 통장에 돈이 늘어날 때 기쁨이 크다.

우리 가족은 돈을 모으는 기쁨이 아니라 돈을 쓰는 기쁨을 가지고 있나 보다. 올 한 해는 돈을 벌고 빚을 갚는 데 성공하는 해가 되었으면 한다. 세상의 모든 행복을 다 받고 대박 나는 한 해가 되었으면 한다. 잠을 자다가 일어나 잠결에 썼다. 아마 아내와 가족에게 서운함이 있었나 보다.

말하면 말한 대로

딸 둘을 키운 어떤 어머니의 이야기다. 딸들이 초등학교에 다닐 때, 책상 정리를 안 하면 정리 안 된 물건들을 책과 함께 쓰레기통에 버리겠다고 말했다고 한다. 그렇게 말했는데도 딸이 정리를 안 하자 어머니는 정말로 모두 주워서 쓰레기통에 버렸단다. 말하면 말한 대로 행동했다. 중고등학교에 다닐 때는 딸이 늦잠을 자면 자는 대로 그냥 내버려뒀다. 그랬더니 언젠가부터 그냥 둬도 스스로 일찍 일어나 등교하게 되었다. 고등학교를 졸업한 딸이 미국으로 유학을 가겠다고 했단다. 어머니는 딸이 대학을 졸업하고 월급을 타면 월급의 반을 받기로 계약서를 쓰고 노후자금을 딸에게 투자했단다. 그렇게 공부해 미국 약사가 된 딸의 월급은 1,300만 원이라고 했다. 딸은 부모와 계약한 대로 월급의 반을 4년째 보내고 있으며 부모는 그 돈을 당당히 받는다고 이야기했다. 세금을 제하고 딸이 매달 400만 원씩을 미국에서 보내온다고 했다. 마침 내 택시에 탄 그날이 딸이 보낸 돈의 은행 적금 만기라 해약하러 간다고 했다.

어머니는 말한다. 딸들이 어렸을 때는 부모가 자식을 돌보지만, 부모가 나이를 먹으면 부모가 아이가 되니 자식이 부모를 돌봐야 한다고. 자식이 먹고 싶으면 사주듯이 부모가 먹고 싶고 갖고 싶으면 자식은 부모에게 사줘야 된다고 했다. 자식 교육은 말하면 말한 대로 행동을 해야 된다고 말한다.

건강하세요. 훌륭하신 어머님.

내 브랜드를 높여라

누구나 숨 쉬고 살아 있는 한 일을 해야 한다. 가능하면 직장을 구하지 말고 평생 먹고 살 수 있는 직업을 구하는 것이 좋다. 전문 기술자가 되라는 말이다.

배추를 심어놓고 보면, 뿌리는 굼벵이가 땅속에 숨어 갉아먹고 어린잎은 달팽이와 배추벌레가 갉아먹는다. 끝도 없이 덤벼들고 뜯어먹고 갉아먹는 도전자들이 있다. 그들은 구멍을 내고 상처를 준다. 덤벼들지 못하도록 최고의 달인 기술자가 되기 전에는 살아남기가 어렵다. 마라톤을 할 때 보면 처음 출발점은 똑같다. 그러나 어느 정도 뛰다 보면 선두 그룹이 생기고 중간 그룹, 하위 그룹이 형성된다. 중도 탈락해 포기하는 선수도 있다.

사업도, 창업도 마찬가지다. 쉽게 시작하지만 자신이 창업한 사업장에서 손을 떼고 망하는 사람이 있다. 그러나 포기하지 않고 끝까지 뛰어 승리하는 달인이 되어야 한다. 사람들은 선두 그룹에서 뛰고 일등한 자만 기억할 것이다.

우리나라에서는 미국 유학을 많이 간다. 내가 아는 지인의 자녀도 하버드대학교를 갔다. 하버드에서도 공부를 잘 하면 국내 기업에서 학생을 눈여겨보다가 졸업할 때 스카우트한다. 중간 그룹이나 하위 그룹에서 뛴 학생은 같은 하버드대학을 나왔다고 하더라도 그 대학 이름만 가지고 올 뿐 취업하기가 어렵다.

대기업에 취업하기 위해 수많은 사람들이 도전하고 경쟁한다. 그러나 취업을 한 다음에도 선두 그룹에 서지 못하면 별 볼 일 없어진다. 어느 분야에서나 자신을 높이고 최고로 만들어야 한다.

나는 택시기사다. 새벽 4시에 나와 오후 5시까지 일을 한다. 그렇게 일해도 한 달에 200만 원 정도를 번다. 그러나 똑같은 택시기사인데도 한 달에 400~500만 원을 버는 사람도 있다. 그들은 택시 운전을 하다가 잠깐씩 시간 날 때 영어 공부, 중국어 공부, 일본어 공부를 한 사람들이다. 그들은 호텔 고정 택시로 일하기 때문에 인천공항, 김포공항, 지방 장거리를 다닌다고 한다. 자신의 브랜드 가치를 높여 택시 분야에서 일인자가 된 것이다.

떡 장사는 떡을 맛있고 예쁘게 잘 만들어 손님이 맛있게 먹게 해야 한다. 그래야 살아남는다. 화장터에서 마지막 가시는 분의 뼈를 곱게 빻아서 슬픔 가운데 있는 상주들에게 넘겨주는 직업도 있다. 자기 분야에서 최고가 되도록 노력하는 사람만이 살아남는다.

화려한 압구정동의 영업장들 중에는 한 달에 한 번씩 바뀌는 영업장부터 6개월에 한 번씩 바뀌는 영업장들도 많다고 한다. 자기 분야에서 최고가 아니고 달인이 아니면 내가 건 간판을 스스로 내릴 수밖에 없는 것이다. 무엇을 하든 선두 그룹에서 뛰어야 한다. 마라톤에서 일인자가 되기를 바란다.

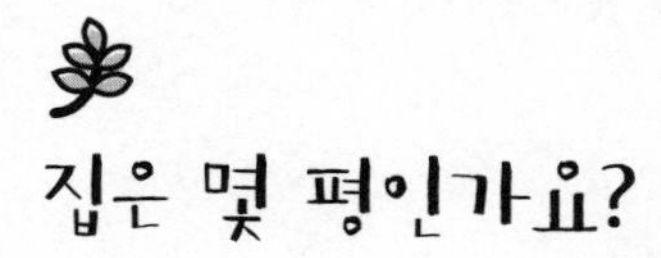

집은 몇 평인가요?

한 젊은이의 이야기다. 그는 한국에서 대학시험에 떨어지고, 괴로운 마음에 무턱대고 외국 유학을 떠난다며 호주로 떠났다고 한다. 호주에 가니 아는 사람도 없고, 살아남아야겠다는 불안감이 왔다. 그때부터 마음먹고 닥치는 대로 식당 일부터 여러 일을 하며 대학에 들어갔다. 많은 고생 끝에 대학을 졸업했으나 취업이 안 됐다. 그때 시베리아 유전 시추공으로 일할 사람을 뽑았다. 돈은 많이 준다니 돈 벌 기회라고 생각하며 지원했다. 워낙 춥고 잘못하면 죽을 수도 있는 혹한의 지역이라 지원자가 없어 바로 취업이 됐다. 그곳에서 한국 사람의 성실성과 부지런한 태도로 일하니 책임자들이 잘 봐서 이제는 8년 만에 호주 유전 회사 본사 영업팀으로 와 한국과 동남아 유전 시장을 놓고 영업을 다닌다고 했다.

그런데 한국만 오면 주변에서 선을 보라고 해서 한국 여자를 만나보면, 공통적으로 이런 질문을 한단다. 집은 몇 평이냐, 차는 무슨 차 타느냐, 재력은 얼마나 되느냐 등 똑같은 질문을 한다고 했다. 본인은 돈과 집, 그런 것보다는 처음 만났으니 서로 좋아하는 취미를 찾아 즐기는 것을 원하는데 만나자마자 집과 돈, 차를 물어보는 한국 여자와는 결혼을 못 하겠다고 했다. 아마 선을 100번은 봤는데 99명이 똑같은 말과 질문을 했단다. 이제는 선을 그만 보고 외국 여자와 결혼해야겠다고 한다.

누구와 결혼하든 좋은 여자 만나 행복한 가정 꾸리시고, 사업도 성공하시기를 바란다.

탈북자 학생

젊고 앳되보이는 손님이 택시에 탔다. "어디로 모시나요?" 하고 물었더니 북한 말투로 "엄마 빵집으로 데려다 달라"고 한다. 엄마 빵집이 어디에 있느냐고 물어도 모른단다. 입에서는 술 냄새가 심하게 나고 있었다. 청년은 다시 소방서에 데려다 달라고 했다. 어디 소방서냐고 하니 소방서도 모른단다. 그때 나는 탈북자라는 것을 깨달았다. 술 냄새는 심하게 나고, 몸은 비틀거리고, 눈동자에서는 살기가 도는 것 같았다. 얼핏 고등학생이나 대학생으로 보였다.

그는 탈북자 청년은 꿈도 희망도 없다고 했다. 차라리 북한으로 다시 가고 싶다고 했다. 나는 표적을 그려놓고 그 표적을 맞춰야 한다고, 몸이 건강한 것을 감사하라고 했다. 대한민국 국적을 가진 것을 감사하라고.

사람은 자신이 가진 것에 감사할 줄 알아야 한다. 갖고 있는 것이 무엇이든지 활용하고 이용하고 즐기며 일하다 보면 언젠가 웃는 날이 올 것이다. 천재보다는 메모하고 노력하는 자가 성공한다고 했다. 죽었다가 피어난 꽃에서 향기가 더 강하다. 인생도 지금이 마지막 기회라고 생각하라. 북한 국적에서 대한민국 국적을 얻은 것은 행운이 아닌가? 하늘의 축복이다.

할 일은 너무나 많다. 술 취해 방황하며 어두운 밤길을 뛰어다니지 말고, 공부하고 내일의 성공 퍼즐을 맞춰라. 성공은 잡힐 것이다. 혹시 성공이 잡히지 않는다 해도 노력한 것만큼은 내 것이다.

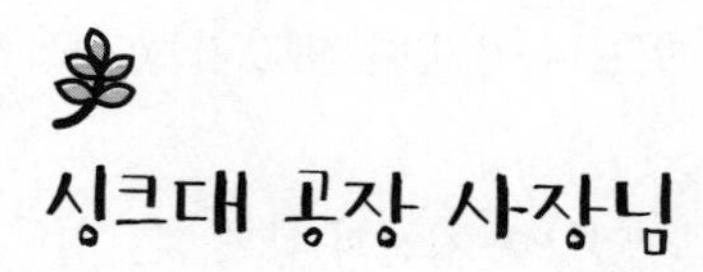

싱크대 공장 사장님

인도네시아에서 싱크대 공장을 하시는 사장님을 만났다. 그는 한국에서는 전기공사 외설 전봇대에 전선 늘일 때, 줄 당겨주는 일을 했다고 한다. 그러던 어느 날 한 지인이 인도네시아에 가서 싱크대 공장을 하면 돈을 벌 수 있을 것 같다는 말을 흘려듣지 않고 마음에다 심었다고 했다. 싱크대 공장은 창업 비용이 많이 안 들고 합판 판대만 잘라서 조립하면 되고 아직 후진국이라 좋은 싱크대는 안 만들어도 된다고 했다. 고급 싱크대는 그곳의 상황을 봐가며 만든다고 했다.

처음 가는 인도네시아의 시장성과 공장은 어떻게 지어야 할 것인지 등에 대한 조사를 하고 서울에 와서는 가족과 상의한 끝에 인도네시아에 공장을 세우고 창업을 하게 되었단다. 창업 후 공장은 잘 되어 현지인 300명 종업원이 일하고 관리자는 한국에서 간 직원 6명이 모두 맡아 일을 한다고 했다.

그 사장님이 서울에 오던 날은 라마단 기간이라 30일 정도 쉰다고 했다. 마침 그동안 한국에서 볼 일이 있어 귀국하는 길, 내가 잠실 버스정류장에서 공항 리무진 버스에서 내린 사장님을 뵙게 된 것이었다.

큰 가방, 작은 가방 해서 여러 개의 가방을 가지고 계시기에 나는 차를 세워 놓고 같이 가방을 들어 택시에 실었다. 손님은 "오금동까지 태워다주세요" 하고는 가는 동안 말을 한다. 다른 기사 분들은 그냥 앉아계시는데 이렇게 내려 거들어주시느냐고 고맙다는 말을 해줬다. 나는 말했다. "택시기사는 하루 종일 앉아 있으니 이럴 때 짐도 거들어드리고 운동도 합니다."

손님은 나한테 긍정적인 생각을 가지고 있다며 칭찬과 함께 《혼. 창. 통》이라는 책을 소개해주셨다. 그 책을 통해 자신이 깨달은 게 있다면서 한 번 읽어보라고 권했다. 창의력과 혼이 살아 있어야 된다고 했단다. 상사와 직원과 소통을 강조하는 내용이라고 했다. 나도 그 책을 한 번 봤으면 한다.

추적

대치동에서 60대 여자 한 분이 택시를 탔다. 손님은 사당동으로 가자고 했다. 큰 개인주택 앞 골목에 차를 세우고 나서는 조금 기다리면 벤츠 한 대가 나올 테니 그 차를 따라가란다. 그의 말대로 조금 기다리니 벤츠 한 대가 나왔다.

나는 영문도 모르고 그 차를 따라갔다. 차는 서래마을로 접어들더니 골목으로 들어갔다. 골목을 좌로 우로 돌아 나도 따라 돌았다. 그러고 나더니 반포대교를 건너 인사동 어느 호텔 앞에 섰다.

벤츠에서 내린 남자는 누군가에게 전화를 하는 듯 보였다. 그리고 얼마 후 내 차에 탄 손님에게도 전화가 왔다. 아마도 벤츠를 타고 있던 남편이 자신의 부인한테 전화를 해서 사람을 붙였느냐고 따진 모양이었다. 그 부인은 남편이 바람을 피워 내 차에 탄 친구를 시켜 추적하도록 한 것이었다. 그런데 남자는 한 수 위다. 바람피우는 데는 천재다. 부인이 따라붙을 것을 생각해 일부러 서래마을을 빙빙 돌다가 따라붙은 것을 확인하고는 호텔로 간 것이다. 서래마을을 돌 때 택시가 따라오는 것을 알고 부인한테 전화해 화를 냈단다. 대단한 바람둥이다. 아마도 부인은 남편을 못 잡을 것 같다.

더 잘해줘서 마음을 잡거나 해야 할 것 같다. 부디 행복한 가정 되세요.

Part 2

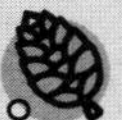

아름다운 양재천

껍데기만 남은 봄

어미 닭이 깃털로 품듯이
어머니는 사랑의 깃털로 품어주셨건만
못난 자식은 어머니에게서
달고 영양가 있는 것만 빼먹었습니다.

겨우내 파먹은 김칫독처럼
어머니에게서 좋은 것을 다 파먹고
곰삭아 군내 나는 빈 독같이
껍데기만 남은 봄에 어머니를 버렸습니다.
일부러 생각을 안 했습니다.

처자식 사랑하는 10분의 1만 관심을 가졌어도
돌아가시지 않으셨을 텐데.

못난 자식 용서해주세요.
아들 자꾸 눈물이 나네요.
불효자는 지금 울고 있어요.

반달

옥상에서 보는 반달은
자신의 몸을 반이나 비워놓고
무엇을 채우려는가.

세상 아름다운 나눔 이루는 사람을 채우려 했나.

나눔과 사랑을 채워 둥근 달 되면
세상 어두운 곳에 빛이 되리.

방황하는 이들에게 소망을

소망의 빛
희망의 빛
성공의 빛
꿈꾸던 빛

마음속 가득히 비추기를

욕심

욕심이 많아 함정에 잘 빠졌다.

수많은 신호등,
나는 장마에 오물 떠내려가듯
빨간 신호에도 그냥 지나친다.

신호 하나를 지키면 삼백 원의 요금이 올라간다.
그래도 그냥 간다.
욕심 때문에.

하나님 저를 인도하세요.

하루 일과가 죄로 시작해서 죄로 끝난다.

그리운 친구

미국 간 친구가 20년 만에 서울에 왔다.
오이도에서 술 한 잔 쏜다 하네.
오이도, 이름만 들어도 설레는 바다.
요즘 노인들이 공짜 지하철 타고 가서 점심 한 끼 먹고 오는 곳.
나도 공짜 지하철 타고 오이도 가네.
친구들보다 한 시간 일찍 도착한 나는 친구들을 기다리네.
시간차를 두고 한 명, 두 명 오는 친구들.
할 일 없이 먹고 노는 친구들이 이제는 시간도 못 지키네.
오랜만에 만난 친구들. 틀니조차 하지 못하고 할배 됐네.
함께 모여 식당으로 걸어가며 고향 옛이야기 하고
음식이 나오자 부드러운 건 잘 먹으나, 조금만 딱딱해도 못 먹네.
과메기가 나왔네. 김에 싸서 먹고 싶지만 이가 없어 못 먹는다네.
이제는 부드러운 음식도 먹는 양이 줄었다네.
서로 입으로만 양기가 돌아 시끄럽게 떠들다가 외로운 집,
쓸쓸한 내 집으로.
공짜 지하철 타고 창문 밖으로 스쳐가는 풍경
마음에 새기며 기다리는 사람 없는 집,
무섭도록 외로운 집으로 가네.
헤어지는 친구들 뒷모습이 그립구나.

돈

마음에다 심었습니다.
성공해야 합니다.
벌어야 합니다.
그래야 한을 풀어요.

희경

몰래 만나 사랑을 확인하고 돌아설 때
파밭 옆 소나무 안타까워 눈물 흘리고
스치는 밤바람도 소리 내어 울었다.

흔들리는 솔잎은 안녕을 약속해준다.

희경에게 손을 흔들고 또 흔들고
이별의 눈물을 참다가
이십 리 길을 눈물로 되돌아오곤 했다.

마음

말 한마디 못하고
병들어 떨어져 죽어가고 있는 과일들
나와 같다.

장모님

딸을 줄 수 없다며 우시던 장모님.

장호원 읍내 작은 교회에서 크리스마스 행사가 끝난 다음 날, 하나님의 말씀으로 축복을 받으며 비가 오나 눈이 오나, 아플 때나 즐거울 때나 어떠한 시련과 고통이 올지라도 서로 사랑하고 살겠다고 약속했던 결혼식 날. 그렇게 불안하고 초조하던 43년이란 세월이 훌쩍 흘렀다. 지금까지 같이 살아주셔서 감사합니다.

아름다운 양재천 (1)

— 꽃다리

봄이면 개나리 진달래 흐드러지게 피고 지는
양재천 둔치

꽃다리 건너 행복이 피는 곳

조롱박 여주 달래
주렁주렁 열매 달고

살살이 살랑살랑
님 오시는 발자국 소리.

아름다운 양재천 (2)

— 청맥교(부제: 보리다리)

청보리 푸른 세상 노래하고
새벽 눈 내린 밤에도 자라
청보리 삶을 이야기하네.

바람 불어와 빗질 해주고
수고했다 귓가에 속삭이네.

새들에게 보금자리 내주고
알 낳고 품어주니 새끼 태어나
어미 새 벌레 물기 바쁘네.

아름다운 양재천 (3)

— 오고파

원앙새 자맥질하고
참게가 길가로 걸어 나와 산책하며
잉어, 메기, 피리, 새뱅이 씨름하고
물새 날갯짓에 물고기 노니는 곳.

왜가리, 백로, 청둥오리
이리저리 고갯짓
하늘 보며 감사하네.

아름다운 양재천 (4)

— 무지개다리

언덕 넘어 작은 섬에
사랑 편지 전하고
소망 속삭이네.

님의 약속 마음에 심고
내 사랑 영원히 머무는 곳
무지개다리 건너 작은 섬 하나.

어렴풋이 생각날 때 찾아가
손깍지 끼고 걷는 길

하늘에는 별들이 불꽃놀이 하고
양재천에는 시민들 모여 쥐불놀이 하네.

아름다운 양재천 (5)

— 연리지

두 나무 하나 되는 행복한 쉼터
빈터에 앉아 오손도손 사랑 나누고

옆에 세워둔 사리풀 푸드카에
맥주 한 잔 마시며

님 만나 행복 눈물 흘리던 그때가….

아름다운 양재천 (6)

— 풀잎

풀잎에 이슬 맺고 수정 보석 반짝이네.

청개구리 이리 뛰고 저리 뛰며 사랑 노래 개골개골

풀벌레 노래하는 이곳 양재천
오케스트라.

아름다운 양재천 (7)

— 올레길

연인 손잡고 거닐며
사랑 이루는 곳

과천, 잠실
올라가고 내려가는 행복한 길

장미꽃, 해바라기 만발한데
여름 밤 희망 심는

꽃 길 따라 올레길.

아름다운 양재천 (8)

— 어조락

물고기, 새 가족 이루며
함께 즐기고 살아가는 곳

어조다리 물고기들 짝짓기
집오리, 청둥오리 함께 놀고
새끼 오리 어미 따라 행복하겠지

개구리, 맹꽁이 울고(노래 부르고)
알 낳고 올챙이 개구리 되는 곳
아름다운 양재천.

아름다운 양재천 (9)

— 반딧불

어둠 밝히며 날아가는 반딧불
나는 개똥벌레

세상 모두 행복하겠지
양재천 흘러 강으로 가고

넓은 세상 그리며 바다로 가네
연인들 몰려와
함께하는 곳

아름다운 양재천 (10)

— 쌈지공원

쌈지공원
여기저기
사랑 편지
소망 달고

잊지 말자
열쇠 채워
사랑 약속
심어 놓고

아름다운 양재천 (11)

— 메밀꽃

메밀꽃 하얗게 피었네
착한 꽃, 예쁜 꽃

너는 왜
꽃은 하얗게 피고
까만 열매 품었니

세상 삶 숨기려 마음속에 담았지
파란 잎
햇빛 받아

빨간 줄기 생명수 올려주고
노란 뿌리 든든히
세파를 견뎌내네

아름다운 양재천 (12)

— 둘레길

갈대 만발하고 바람에 흔들리는 곳
억새풀 어우러져

무궁화, 코스모스 피고
새들은 사랑 노래 부르네

젊은이들 모여 환상을 보고
노인들 꿈꾸는 곳

노부부 손잡고 함께
걸어가는 길

아름다운 양재천 (13)

— 새뱅이

맑은 물에 자라는 새뱅이가 사는 곳

자전거 길 따라 줄지어 달리고
아름다운 쉼터에

검은 잉어, 황금 잉어 어우러져
함께 노는 곳 양재천

내가 꺾은 꽃

내가 꺾은 꽃
피지 못한 몽우리 꽃
하얀 꽃
착한 꽃

검은 투피스에 하얀 칼라 달린 여학생 꽃
내가 꺾어 슬픈 꽃

솔잎 끝에 매달린 새벽이슬 같은 수정 꽃
너무 마음이 아픈 꽃
내가 꺾어 미안한 꽃

가난에서 핀 꽃
먹을 물 양은 대접 떠 놓으니 어름되어 핀 꽃
내가 꺾은 외로운 꽃

아들 꽃
며느리 꽃

딸 꽃
사위 꽃

손자 꽃
손녀 꽃

내가 사랑한 천사 꽃
희생에 열매 맺은 꽃

가족을 위해 헌신한 천사 꽃
40년 가족을 위해 사랑한 인내 꽃

영원히 피어 있는
사랑의 향기를 담은
아내 꽃

열한 명의 가족을 이룬
감사의 꽃
당신은 천사입니다
김희경.

인내(매미)

매미가 일주일 울고 죽자고 8년이란 긴 세월을
어두운 땅 속에서 참고 인내하며 기다렸나 보다.
그러기에 매미는 슬피 목 놓아 우는가 보다.
그렇게 온몸을 떨며 울고 몸속에 있는 것을 다 토해내고
쥐어짜내는 매미의 한 맺힌 울음소리.
노래로 승화시킨 노래 꽃이 피는가 보다.
매미가 피운 노래 꽃은 목숨 걸고 최선을 다해 부르는 노래.
세상에서 가장 아름다운 노래라네.

생일 날

내 생일 날 하루 종일 밥 굶고 있던 나에게
어머니가 싸래기 풀 쑨 것을 먹으라 하네.

풀 먹으면 공부 못한다 했는데 싸래기 풀 너무 맛있다.
이불 껍데기에 먹이려 한 것을 배가 고파 나와 동생이 먹었다.
이불아 미안하다.
다음에는 내가 안 먹고 더 좋은 풀 쑤어 너에게 줄게.
내 생일 날 먹은 풀 밥상.

여행

아내와 만나 우리라는 이름으로 함께 세상 여행을 간다.
아들, 딸, 며느리, 사위, 손자, 손녀
일행이 늘어나고
내게, 그리고 우리 가족에게 주어진 각자의 시간표대로
서로 사랑하고 아끼고 좋아하며 여행을 즐기다가,
인생 종점에 도착하면 하늘 고향에 가는 것이다.
미련도 후회도 없이.
하늘 아버지 오라 하실 때 순종하리.
받아들이고 가는 길 하늘나라.

친구

내가 힘들 때 찾아와 잘될 거라 용기 주던 친구.
만날 때마다 잘 지냈냐며 손 내밀어 악수하던 친구.

친구야, 악수할 때 나는 손이 너무 아팠단다.
힘이 넘치던 친구.

그런데 친구야,
친구들을 두고 그렇게 급하게 고향 하늘로 갔니, 친구야.

그간 고맙다.
친구들 옆에 있어 주었기에 고마웠는데 정말 고맙다.

모두 다 내려놓고 평안히 가시게.

가라 친구야.
내 친구야.

※ 위암으로 하늘 고향 간 친구에게

가을 바다

바닷가 모래 위에
나의 발자국 남기지만

세상 흔적 나의 발자국
파도가 지워버렸네

허무한 세상 헛되이 살다가
후회하며 통곡하고 한숨 쉴 때
전광석화같이
발자국 주인공은 영원한 고향
하늘로 가리라.

할 일

내가 할 일을 안 하면
직무유기
마음속의
징역 간다.
지나간 일은
과거일 뿐이다.
지금 하라.

샘

세상이 사막이 된다면 어떡하나.
5, 6개월 먹을 수 있는 물을 모아 놓아야 한다.
낙타 같이
영원한 샘을 찾아라. 마르지 않는 샘.
오아시스를 찾아라.
성공의 샘을 만들어라.
마르지 않는 샘.

사막에 물길을 내고
직장이 아닌 직업을 만들고
내가 물을 공급하는 샘이 되고
갑이 되어라.
을로 살지 말고 갑으로 사는 방법을 찾고 만들어라.
내가 갑이 되어라.
힘들고 지친 사람들에게 희망이 되는 갑이 되어라.

나는 누구인가

가진 것이 없다.
배운 것이 없다.
부모로부터 받은 것이 없다.
농토 없는 농사꾼 아버지,
벌레 먹은 과일 사다가 리어카에 담아 파는 행상 어머니.
가진 것이 없으니 낮아질 수 있다.
비워져 있으니 채울 것이 많다.
배운 것이 없으니 세상 모든 게 배울 것 투성이다.

나는 마음을 비웠다.
손에 쥔 것을 놓았다.
채울 것이 많다.
다른 것을 줄 것이 많다.
물질도 지식도
아주 조금씩 채웠다.

살아갈수록 황홀하다.
책도 썼다.

인간의 유통기한

인간은 태어날 때부터 유통기한이 있나 보다.
강건하면 칠십이요, 오래 살면 팔십이라 했다.

교통사고로 하늘로 간 사람
배 사고로 하늘로 간 사람
다리가 끊어져 한강으로 추락해 하늘로 간 사람
싱크홀에 빠져 하늘로 간 사람
다리에서 뛰어내려 하늘로 간 사람
수명을 다하고 노환으로 간 사람

부자도 가고, 권력자도 가고
가난한 자도 가고
배운 자도 가고
못 배운 자도 간다.

그 길은 피할 수 없는 길, 혼자 가는 길,
무섭고 외로운 길.
살아 있을 때 지금 좋은 일 많이 하고
세상 여행 끝날 때 모두 내려놓고
마음속에 숨겨놓았던 좋은 것
행복을 가져가세요.

빨간 신호등

새벽 길 처음 만난 빨간 신호등.
빨간 신호라 나는 서 있으나
늦게 오는 차들은 그냥 다 지나가네.

세상은 빨간 불에 가는가 보다.
권력 쥔 차, 좋은 차, 작은 차도 가네.
빨간 불에 가는 게 익숙한 사람들.

불법에 익숙한 사람들 총알같이 가네.
어디로 가나.

나 혼자 바보처럼 서 있다가 파란 불 들어와 출발하니
이미 다 빨간 불에 가버리고 나 혼자 가네.

그래도 나는 지키리라 빨간 신호등.
내 손주 조잘대고 장난치며 학교 가는 길.

내가 지킨 빨간 신호등.
세상에 밝은 빛이 되기를.

호박

새벽이슬 먹은 호박 하나
밥 그릇 크기만 한데
호박 보니 엄마 해주시던 손칼국수
호박전 부치시던 엄마 모습
기름 냄새 코끝을 자극한다.

호박잎 따 밥솥에 쪄
엄마가 만든 쌈장에 입 크게 벌려 먹고 싶다.

엄마 보고 싶다.
그리워 눈물 난다.
가슴이 미어진다.

어머니, 아들 울고 있어요.

거짓말

택시 손님들 말 엿듣기.
사랑한다 해놓고 다른 여자 사랑한다며
눈 내리던 날 떠나다 눈길에 미끄러져 사고 났네.
사랑한다 해놓고 비 내리던 새벽 길 떠나다 사고 났네.

사랑은 거짓말
돌아다니는 사랑, 머무르지 않는 사랑.
바람 따라 돌아다니는 부초 같은 사랑.
아내를 두고 다른 여자 사랑한다네.
그것도 마음에 미안함도 없이.
잘난 척 자랑하네. 능력이라 하네.
맞닥뜨린 골목길에서 패가망신하리.

떨어져 있어도 마음은 하나

앉아 있노라면 밖에서는 온갖 소리가 들린다.

아름다운 새 소리
저 멀리 앰뷸런스 소리
바로 뒤에서는 학교 짓는 소리
망치질 소리
자동차 소리
컨테이너 소리

사람들 소리 지르는 욕심

갖가지 소리는 들리지만
하나님의 목소리는 아무리 들으려고 해도
들리지 않는다.

서울의 밤

서울의 밤 새벽 길 희미한 가로등 불빛 누굴 기다리나.
어둠을 가르며 핸들을 돌린 택시
무엇을 잡으려 총알같이 달릴까.

인생 길 굽이굽이 돌아가보지만
고난과 고통은 내게서 떠나지 않는다.

그래도 그걸 위해서 희망을 노래하며 인생 길 열심히 산 것 같지만
돌아와 보니 허무함뿐이다.

꿈같이 흘러간 세월,
전광석화같이 빨리 지나간 인생.

세상 것들을 잡고자 손에 쥐고 끌어안고 몸부림치지만
모두 다 내려놓고 빈손으로 고향 하늘 가는 인생이다.
내 몸에 병들 때 헛된 인생이라는 것을 알 것이다.

일

손님이 유흥주점 사장이라네. 돈도 많이 벌었다고 자랑하네.
물은 배를 띄울 수도 있으나, 배를 뒤집어 엎을 수도 있다네.
사업이 그러하다네.
복이 많은 게 아니고 복은 내가 만들어 쓰네.
돈 번 사람을 거울로 삼으면 나도 돈 번다 했는데
세상을 잘 보고 활용하라 하니 답은 내 마음에 담고
큰 답은 세상 속에 있다 하리.
창의력도 아니고 발명도 아니라네.
열심히 일하다가 자연스럽게 발명되는 것, 그것이 성공이라네.
고기도 먹어본 사람이 먹고 맛을 안다 하네.
일도 해본 사람이 한다 하니, 놀면서 일을 안 해본 사람은
일의 즐거움을 모르고 살지.
일하고 피곤함도 기쁨의 열매, 행복의 열매라네.
일도 없고 돈도 없이 가족 눈치 보는 삶이 얼마나 힘든가.
일해서 피곤한 것은 영광이요.
행복이라 하라.

식욕

배부른 자는 꿀을 줘도 싫어한다.
배고픈 자는 맛없는 음식을 줘도 꿀같이 먹는다.

용 만들자

요즘은 개천에서 용이 안 난다고 하니 할아버지 돈으로 용 만든다고 하네.
엄마는 할아버지 돈으로 학교에 치맛바람 일으키고 아빠는 뒤로 빠져 없는 척하네.
용은 용들이 모인 곳에서 나고 미꾸리는 미꾸리 모인 곳에서 나니, 개천에서 용 날 때 기다리지 말고 할아버지 돈으로 용 만들자 하네.
아들을 낳든 딸을 낳든 하나만 낳으니, 친할아버지 주머니 털어 용 만들자 하네.
외할아버지, 외할머니 주머니 털고 하나뿐인 내 새끼 용 만들자 단합하네.
용 만든다고 미국 보내고 세 가족 여섯 주머니 털어 용이 된다 하네.
아빠는 봄, 여름, 가을, 겨울 사계절을 기다리고 또 기다리는
외로운 철새 기러기.

첫 손님

첫 손님 술 냄새 나니
나도 냄새에 취하네.

무슨 좋은 일이 있나
밤새도록 술 마시고

이슬 내린 새벽길에 집으로 가나.
젊은이들에게서 젊음의 꽃향기 나야 하는데

썩은 술 냄새
음식 냄새
담배 냄새 나니

나는 냄새에 역겨워하지만
손님들 큰소리 뻥뻥 치며 재미있게 놀았지,
친구에게 말하며 즐거워하네.

네 파트너가 나를 좋아한 것 같다네.
파트너 바꾸려다 말았다 하네.

차 안에서 입맞춤 하네.

친구네 집에서 놀았다고 아내들에게 말하자.

오늘 카드 긁은 것
내일이면 후회할 텐데.

길 없는 새벽 산 길

과수원 농장 만들 산
안개 낀 새벽 물탕골로 걸어가니

싸리나뭇가지 꺾어 이슬 털며
앞장 서 걷는 아버지 바짓가랑이.

아버지가 허리까지 머금은 이슬을 털어낸 뒤
따라간 아들은 종아리만 이슬에 젖었네.

산 풀숲을 헤치고 걷는 아버지
너무나 큰 산 같았고
뒤따르는 아들은 철없이 행복했네.

큰 산에 아버지
물탕골에서 땅 주인에게 사기 당하고 우리 가족 쫓겨났네.

아버지를 따라 다른 곳으로 이사 갔으나
그곳에서도 땅 명의는 조카에게 넘겨주고 쫓겨나는 아버지.
사람을 믿었다가 실패만 거듭하는 아버지.
술, 담배만 친구 삼고 한을 품은 아버지.

담배 연기는 하늘로 오르니
한을 품은 채 암으로 돌아가시고
내 아버지 없는 세상 빈자리가 이렇게 클 줄이야.

지금 아들이 깨우치고 깨닫고 있습니다.
살아 계실 때 잘해드리지 못함을 후회하며 눈물을 흘립니다.

비어홀

서울 올라와 첫 직장
꿈이 있던 곳
비어홀.

가수가 되겠다고 저녁마다 노래 연습하던
한 젊은이가 있던 곳

대학 다니는 여대생
사랑하는 남자친구 위해 돈 벌던 곳

웨이터가 술 값 받아 다 쓰고 사장하고 싸우다
화가 난 사장이 안내원이 가지고 있던 잭나이프로 웨이터 찌르고
웨이터는 응급실 가고 사장은 경찰서 갔다가 교도소 가니

웨이터들 돈 될 만한 물건 죄다 팔아먹고
종업원들 하나둘 떠나고
갈 곳 없는 초년생 나는
친구 찾아 중국집 갔네.

친구가 중국집 2층에서 서빙하며

골방 하나 정해주고

손님들 먹고 남은 음식 모아
내가 먹게 해주고
그 음식, 너무 맛있는 음식.

주인 몰래 나오고 주인 몰래 들어가서 자고
일자리 찾으려 해도 찾을 길 없어
시골로 내려가 부모님께 포장마차 한다고 돈 달라 했다가
마음에 상처만 입고 서울로 올라온 나는

돈을 벌어야 합니다.
성공해야 합니다.
마음에 심었다.

수구레

소가죽 늘려 다섯 명이 쟁치던 곳

배가 고파 소금에 절인 수구레
조개탄 난로에 구워 주머니에 넣고 몰래 먹던 곳
수구레의 맛이 살아 있는 곳

친구들이 운전을 배워
나도 운전을 배울 수 있게,
눈 뜨게 한 친구들이 있는 곳

지금도 쟁치던 다섯 명이
운전기사가 되어 모이며 만나는 자리

무덤까지 같이 가자는 길
그 길, 좋은 길, 잘 가고 있는 길
친구들의 길.

청둥오리

고기 못 드신 아버지는
떼를 지어 하늘을 나는 청둥오리를 보고
잡숫고 싶어 병이 나시고

보리쌀 한 말 꾸어다가
씨앗으로 남겨둔 동부콩을 섞어 밥 해 먹으니
하늘에서 내린 천상의 밥상

밭에는 비름나물 천지
비름나물 뜯어 먹던 곳

연탄가스 맡아 가족이 하늘 고향 갈 뻔했던 그곳
동치미 국물 먹고 살아난 곳

대출 받으려면,
아버지 이름으로 있던 땅
먼 조카 이름으로 넘기는 게
대출받기 쉽다 하여
명의를 조카에게 넘겨주니

조카는 땅 팔아먹고
그 돈 가지고 더 큰 조카 농장 만들었네.
아버지와 우리 가족이 쫓겨나던 날
엄마는 내 땅에 앉아 통곡하며 뒹굴고 우시던 그곳
그곳은 한을 남긴 곳

피를 토하고 우시던 엄마.

결혼

아들 낳고
며느리 얻으니
손주 세 명 낳고

딸 낳으니
사위 얻고
예쁜 외손녀 얻으니
재롱에 빠지고 외손자 보고

이보다 더 큰 행복은
어디에 또 있으랴

간이역

하늘 고향에서 아버지가 만든 기차를 타고
세상 간이역에 내렸다.
잠깐 쉬어가는 역에서 아내를 만났다.

고통과 절망도 있었지만
희망을 노래하며 행복한 삶을 살았다.
아들, 딸, 며느리, 사위, 손자, 손녀를 보니 모두 다 이루었다.
아름답다.

내 고향 하늘 기차 오는 날 내일이라네.
오늘 열심히 살다가 기차 오면 늦지 않게 타고
구름 철도 위를 달려 고향으로 가리라.
아버지 나라로.

백일홍

사랑했던 처녀가 죽어 무덤을 만들고
백 일 동안 정성을 다해 보살피니
무덤에 피어난 꽃, 백일홍.
백일홍 씨 떨어져 백 일 만에 싹이 나고
백 일 만에 꽃이 피네.
꽃은 백 일 동안 피었다 진다네.

홑꽃잎 백일홍
열두 줄 겹 백일홍
아름답게 어울려 피었네.

못 이룬 사랑 백일홍
꽃으로 전하는 참사랑 꽃

백일홍, 무덤의 꽃.

손녀딸

내 손녀딸 산타 할아버지 언제 오시려나, 기다린다.
선물 기다리며 잠 안 잔다.
착한 일 한 사람만 선물 준다는 산타 할아버지
할아버지 혈압 약 먹을 때 물 떠다 주고 좋은 일 했다며
네 살 손녀딸 산타 기다리는 모습은
정말 간절히 기도하는 모습이다.
손녀딸 마음속 산타 할아버지
꼭 오셨으면 좋겠다.

미친놈

세상은 넓고 미친놈은 많다.

큰 대형병원 응급실
선생님 말.

외딴 집 성당

산 중턱 외딴 집 성당 기도하는 곳,
금방이라도 쓰러질 듯 비스듬히 누운 집.

방문은 다이아몬드 모양으로 약간 틀어진 집,
팔십 대 노부부가 살고 있는 집.

큰아들 공부시켜 놓으니
결혼해 해외 나가 살다가 하늘나라 먼저 가고,
잘나가던 막내아들 회사 부도나고 이혼하고
막내아들 경제범으로 교도소 가니
갈 곳 없는 노부부 다니던 성당에서 이곳으로 보내줬네.

아무도 찾아오지 않는 산속 외딴 집
외로운 노부부
아무도 찾아올 사람도 없는데 누굴 기다리나.

찌그러진 문 활짝 열고 기다리는 손님은 안 오시고
가끔 나는 자동차 소리만 귓가로 찾아오네.
문 열고 내다본 들녘에는 이름 모를 새들 노래 부르고
가끔가다 농기계 소리만 들릴 뿐이네.

외로운 산속 노부부 눈물 흘리니
무섭도록 외로운 노부부 오늘도 누굴 기다리나.

누군지 오지 않는 사람
문 열어놓고 기다리는 사람은 교도소 간 막내아들인가.

봄이 되니 꽃향기에 취해 못 오나
여름이 되니 비가 와 장마에 못 오나
가을이 되니 국화꽃 단풍 들어 여행 가 못 오나
겨울이 되니 하얀 눈 내려 못 오나
찬바람 불어 연탄 불 꺼져가니,
하얀 눈 속에다 힘든 고생을 묻고 싶은 외로운 노부부.

한 해가 가고 봄이 와 산중에는 꽃이 피건만
아무도 올 사람 없는 산속에서
이름 없는 누군가를 오늘도 기다리네.

죽도록 무섭고 외로운 노부부의 삶
기다리는 삶

기다리는 아들은 오늘도 오지 않네.
인생은 기다리다 이렇게 가는 것 같네.

수반

텅 빈 수반 위에 꽃을 꽂으리라.
한 송이, 한 송이 꽂으리라.
사랑도 정성도 꽂으리라.

수반 위에 꽃들이 모여서 아름답고 작은 꽃동산이 되어
꽃향기가 마음속 깊이 스며드네.

우리의 사랑도 더 아름답게 피어나겠지.

아- 언제까지나 시들지 않는 꽃이 되었으면 하네.

꺾인 꽃이 아닌
영원히 마음속에 핀 꽃이 되었으면 하네.

뿌리 없어 병든 꽃이 아니라
뿌리 깊은 내 사랑 꽃이 되어 향기 듬뿍 담아
그윽한 향기 속 내 사랑 피어나리.

텅 빈 마음에 사랑의 꽃을 심으리라.
한 마음, 두 마음 사랑 심으며

정성도 인내도 심으리라.

내 마음에 사랑이 모여서 아름답고 작은 사랑이 꽃필 때면
우리의 사랑은 마음 가득히 넘치겠지.

아- 언제까지나 시들지 않고 병들지 않는 나의 사랑 되어서
그윽한 꽃향기를 듬뿍 담아 내 사랑 영원하리라.

가시

아내의 사랑이 미움의 가시로 변해
마음속 깊이 박혀 뽑을 수 없네.

남편은 미운 사람 1호가 되고
마음속에선 이혼 대상자 되어버렸네.

아무 상관없는 남의 남자를 좋아하는 아내
남의 남자들은 그 순간 좋은 말만 할 뿐인데 좋아 죽겠다네.

시어머니가 친정 가라 했던 말
시집 와 고생한 것 평생 써먹으며 괴롭히네.
당신이 그때 그랬잖아, 공격하네.
남편 잡는 저격수 된 아내.
남편은 평생 돈 벌어다 가족을 먹여 살리고 노력해도
아내는 알아주지 않네.

아내에게 다른 남자가 돈 벌어다 주나
상관없는 남의 남자들을 좋아하네.
아내에게 참 예쁘다, 아름답다,
피부가 곱다, 좋은 말 예쁜 말을 하면 남편과 비교하네.

남편은 생각도 못 하는 옛날 얘기도 못 박아놓고
틈만 나면 게릴라 작전으로 공격하네.
인생은 고통과 괴로움의 길이네.

마지막 호흡 헐떡대며 끊어지는 절벽 끝에서
하나 남은 낙엽 보고 있네.
칭찬받고 싶었는데, 인정받고 싶었는데, 사랑받고 싶었는데
모두 다 내려놓고 긴 한숨 몰아쉴 때

마지막 호흡 낙엽 떨어지고 나는 후회 없이 하늘로 가리.

이것이 인생이다.

아내의 콧바람

아내와 손잡고 잔다.
새벽잠에서 깨어 아내를 보니 숨소리가 난다.

색색 숨을 쉰다.
나는 아내의 숨소리 들을 때 가장 행복하다.

아내가 내 옆에서 자고 있고 살아 있으니 행복하다.
감사하다.

때로는 잠자는 아내를 살며시 지켜보고 있으면
숨을 잔잔히 쉰다.
호수 위에 작은 파도같이 숨을 쉰다.
예쁘다. 사랑스럽다.

어느 순간 숨을 멈추고 쉬지를 않는다.
나는 놀라서 아내를 흔들어 깨울까 하며 기다려본다.

순간 머릿속을 스쳐가는 생각은
하늘에 별과 같이 많은 사람 중에 만난 아내.
잠시 후 푸 하며 무언가 모았다가 토해 내듯이 숨을 몰아쉰다.

그 소리는 살아 있다는 큰 나팔소리였다.

내 얼굴 위로 아내의 콧바람이 솔솔 불어온다.
달콤한 사랑의 콧바람이다.
아내가 잠자며 콧바람을 내 얼굴에 불어주니
행복한 사랑의 바람이다.

내가 고개를 살짝 돌리니 귀에다 콧바람 불며 잔다.
아내가 살아 있는 삶의 콧바람이다.
사랑의 콧바람 영원히 내게 불어오길.

선물

오늘도 살아 있는 생명의 선물을 받았다.
세상의 고통과 좌절을 내 잣대로 재고
한을 품은 채 마음의 문을 닫았다.
내 마음의 문고리도 빼버리고 말았다.
문을 열 수 없도록 했다.
살아 있는 자체가 선물이다.
세상을 향해 문고리를 달고 문을 열어라.
함께 어깨동무하고 품고 가는 길이
인생이요, 선물받은 것이다.

하고 싶은 의지

배고파 소금에 절인 고기 구워 먹다가
면허를 따서 운전기사로 일하니 가장 행복했던 시간.

그것도 잠깐
교통사고로 교도소 가고
모진 고통 속에서도
인내와 하고자 하는 열정이 있으면 할 수 있다는 것을
마음에 새겼다.

죽음은 멀리 있는 것이 아니다.
좌절하면 죽는다.
포기하면 죽는다.

작은 열정이 있기에
내가 살아있다.

새벽 손님

편의점 앞에서 잠깐 기다리란다.
검은 비닐봉지에 무언가 담아 왔다.

내게 먼저 음료수를 건넨다.
괜찮다 했으나 드시란다.
고마운 분이다.

오늘 행운 복권을 맞은 것이다.
잔돈 500원도 안 받아가신다.
저 젊은이 부모도 택시기사인가 혼자 생각했다.

인생은 죽는다.
짧은 인생이다.

잘 살아 성공하세요.

잎새

푸르던 5월,
나도 어린이 되어 뛰어놀았네.
초록 잎 끝에 파란 물이 자수정 보석같이 매달렸네.

지금 쏟아질 듯한 젊음의 보석.
세월은 전광석화같이 흘러갔네.
푸르던 파란 잎은 황혼길 저녁 낙엽 되어 떨어지네.

흔들리는 다리 관절, 온몸은 살점을 뜯어내듯 아프네.
마지막 낙엽 떨어질 때 하늘 가는 막차 나를 기다리네.

행복하게 살던 세상 것 모두 놓고
나의 몸 반쪽 아내, 자식, 손자손녀 놓고
떠나는 천국 막차 타고 가려네.
나의 고향 하늘 가네.

추모공원

첫 택시 손님 서울 추모공원 가자 하네.
어두운 새벽 길 찬 이슬 맺혀 있는데
인생 여행 끝내고 긴 터널 지나 망자가 천국 고향 가네.

검은색 리무진 세단 차 타고 앞서 가네.
가족, 친지, 지인은 버스 타고 망자를 따라가네.

무슨 길 가기에 그리도 급할까.
망자요, 세상에서 성공 한 번 한 적도 없이
실패한 자 발자국만 밟고 다니다 왔네.

하늘 아버지 만나면 무슨 일 하다 왔다고 할까.

허수아비

알곡이 익을 때만 필요해 잠깐 들녘에 세워놓는 허수아비.
팔 벌리고 서 있지만 생명이 없는 허수아비.

새들은 허수아비를 세워놔도 곡식을 먹는다.

참 용감하다.
어떻게 생명이 없다는 것을 알까?

겁 많은 새들은 용기를 못 내
잘 익은 알곡을 못 먹는다.
용기 있는 새만 먹는다.

용기 없는 새는 용기가 없어
다른 새들 먹는 것 멀리서 구경만 하다
끝내는 포기하고 만다.

행함이 있는 알곡 먹는 자가 되라.

엘사 인형

아빠, 엄마보다 더 사랑하는 엘사 인형.

엘사의 머리를 감기고, 목욕 시키고,
드라이로 머리 말리네.

밥 먹을 때도 옆에서 함께 먹네.
엘사 옷을 원피스로 입혔다, 드레스로 입혔다, 바지로 입혔다,
예쁜 엘사 옷 색깔 별로 입히네.
손녀딸 즐겁고 행복해하네.

내가 옷을 입혀보겠다 해도 옷을 안 주네.

엘사를 만지지도 못하게 하네.
너무 예쁜 손녀딸.

물

부부 싸움은 칼로 물 베기라 했다.
물은 손으로 움켜쥘 수 없다.
손으로 조금 뜰 수는 있다.

들고 자를 수 없는 것을 내가 선택했다.
잘못 선택했다면 그것을 바꿔라.
손으로 들 수 있는 돌로 바꿔라.

돌은 작으나 크나 들 수가 있다.
내가 선택한 것은 물을 선택했든 돌을 선택했든
어떠한 선택이라도 책임져라.

그것이 가정이다.

길

걷고 뛰고 달려가 보지만 새로운 길,
창조의 길은 없다.

길을 만들어간다는 것이
실패한 사람이 가는 뒤통수 뒷모습만 보고 달려간다.
그것은 나도 실패한다는 증거다.

새로운 길을 찾지 못한 것은
내가 찾지 않았다는 것이다.
구하지도 않았다는 것이다.
막연히 잘 될 거라는 꿈만 있을 뿐이다.

행위가 없는 꿈은 허상이다.

천천히 올바른 길을 조금씩 가라.
새로운 길, 성공의 길은 올 것이다.

지금

지금 힘들다고 불평하지 마라.
누구나 다 힘들다.

지금 힘든 것은 오르막길을
가고 있는 것이다.

저 언덕 너머 희망이 있다.

가난한 자는 언덕 너머 부유함이 있다.
병든 자는 언덕 너머 건강이 있다.
학생은 지금 힘들어도 언덕 너머 공부가 끝나고 졸업이 올 것이다.

모든 문제는 언덕을 넘어설 때만이 해결되고 꿈은 이루어진다.

언덕 너머에는 행복과 희망이 올 것이다.
포기만 하지 말라.

내 마음의 정원

내가 선택한 아내는 나의 마음속의 정원이다.
아내의 마음에다 아름다운 꽃을 심고 물 주고 잘 가꾸며 살 것이다.

아내는 나의 정원 무슨 꽃을 심을까 항상 노력한다.

건강 꽃
사랑 꽃
감사 꽃
존경 꽃
향기 꽃

하얀 백합꽃 닮은 아내의 꽃을 심어 꽃도 보고 향기도 맡으련다.

아내 마음에다 연못 하나 파서
물고기 기르고 아름다운 금붕어, 검은 잉어 함께 놀고
어찌나 아름다운지.

왜가리, 황새, 검은 두루미, 오리
물속으로 들어갔다 나오는데

원앙새 한 쌍 사랑놀이 하네.

갑질 개구리

올챙이가 개구리 되더니 갑질하네.
고급 자가용 탄 운전자.

택시 손님 내리느라고 얼른 안 갔다고 쫓아와
앞을 가로막고 시비 거네.
왜 그러느냐 창문 여니 갑질
운전자 내 손주 같은데,
작은 양주병 손으로 들어 택시기사에게 던지네.
너 같은 거 하나 날리는 건 문제 아니라 하네.
돈도 없는 놈이 까불어 하네.
평생 운전이나 해처먹으라네.

말문이 막혀 나는 말도 못했네.
고급차 붕 하고 달려갔네.
고급차 기사 말대로 나는 평생 택시 해처먹고 산다.

그래도 일할 수 있어 행복하다.
고급차 부모님 무엇 해 돈 벌었나.
열심히 일해 번 돈이면 자식이 저런 행동은 안 했을 텐데.

갑질로 뇌물 먹었나.
갑질로 뺏은 돈인가.
갑질로 사기 친 돈인가.
갑질로 대가 없이 받았나.

대가 없이 번 돈이면 훌륭한 곳에다 쓰세요.
자식들 망가집니다.
우리나라 망합니다.
갑질 개구리님 올챙이 때 생각하세요.

뇌물 먹은 부모는 부자고, 청렴한 부모는 가난하다.
자식들은 뇌물을 먹든, 갑질로 사기를 치든,
부자 부모를 좋아한다.
돈 없는 부모는 외롭고 쓸쓸히
자식들에게도 멀어진다.

개울

청미천 개울 굽이굽이 돌아
충천북도와 경기도를 경계로 흐르는 개울이다.

어린 시절 개울에 보쌈 묻어 피리 잡던 곳,
황금 모래 백사장에서 씨름하던 곳,
짚으로 만든 공 차던 곳,
개구리 잡아 뒷다리 구워먹던 곳,
참외서리 하다 들켜 혼나던 곳.

겨울이면 얼음 배 타다 얼음 깨져 물에 빠지고
옷 적시니 엄마한테 혼나던 곳.

뒤로는 백족산 정기로 품어주는 곳,
삼태미같이 담아주는 곳,
어미 닭같이 품어주는 곳,
그리운 내 고향 장호원 청미천.

그림자

나는 돈의 그림자를 잡으려 한다.
그림자는 내가 잡으려 하면 멀리 도망가고 어두움이 오면 없어진다.
어느 때는 밝은 빛이 비추어 돈이 보이는 듯하지만
하루 해도 금방 저물고 그 빛도 사라진다.

영원한 그림자는 마음속에 있다.
마음에다 작은 촛불 하나 켜 놓을 때 그림자는 살아난다.

행함이 온다.
만족이 온다.

마음의 촛불을 끄지 말라.
스스로 끄는 자는 내가 나를 죽인 자다.

단풍

단풍 꽃 피었네.
단풍 구경하러 설악산, 한라산, 백두산 찾아가네.

단풍은 찾아가는 게 아니라 기다려주는 것.

단풍이 나를 찾아와 싸리문 흔드네.
높은 곳에서 핀 단풍 꽃 밤낮으로 걸어 낮은 곳으로 내려온다네.

우리 집 우물가 단풍나무 붉게 꽃 피고
물 긷는 아낙네 머리 위로 단풍잎 떨어져 우물 속에 배 띄우네.

우물 속에 비친 아낙네 모습에 님 오실 날 손가락 세어보네.

단풍 색깔 박람회 열고
각자 자신의 아름다운 몸매를 과시하네.

가을은 깊어가고
김치광 만들고 김치 담궈 김칫독에 담고

무지개 색동 옷 벗어 하나둘 날리네.
살을 에는 찬바람은 불고 겨울은 오겠지.

자전거 탄 들녘

자전거 탄 들녘 꿈의 삽 한 자루 싣고
인생의 페달을 밟았네.

잠시라도 멈추면 넘어지던 아버지.
가족을 싣고 달려온 인생 길.

검은 머리 파 뿌리 되고
얼굴엔 검버섯 꽃 피우고
밭고랑같이 패인 주름살은
긴 한숨의 골짜기가 되었네.

세월의 사연이 담겨 있는 그곳.
밭길 논두렁 달려가는
나이 드신 아버지의 위상이 무너지듯
논둑도 여기저기 무너져버렸네.

아버지는 지금 자전거 페달을 밟을 수 없다네.

코스모스

가을, 사랑 찾는 남자의 계절.
코스모스 살랑살랑 피어 있는 길.

바람결에 흔들리고
삶에 지친 고추잠자리

꽃에 앉아 쉬어가는 길.

그리운 님 오시는 발자국 소리
저 멀리서 들리네.

버선발로 뛰어나가
내 님 반기리.

배추

잎은 벌레 먹고 보잘것없는 배추 모종을 심었다.
모종은 힘을 다해 뿌리를 뻗어가며 성장하고 커져간다.

땅 위에 잎도 새로운 싹이 난다.
벌레 먹은 잎은 새 잎에 밀려 물러나며 떡잎 되었다.

인생도 그러하리.

배추는 많은 요리에 사용이 된다.
다양한 요리에 쓰인다.
인생도 많은 곳에서 필요한 사람이 되어라.

겨울 먹거리 짠지로 엄마가 담궈주시던 김치.
엄마 생각나고 보고 싶어 눈물이 난다.

시작하는 자

눈 위에 첫 발자국 남기는 자가 되어라.

세상은 둥글다.
나부터 시작하라.

내가 없으면 세상도 없다.
나부터 사랑하고 아껴라.

내가 좋아하는 일을 하라.
그 길을 가는 것은 힘들고 어려운 삶이 있더라도 가라.

인내하며 가라, 성공의 길.
즐기는 길이 올 것이다.

불효자는 웁니다

살아서는 청개구리 삶을 살고
부모님 돌아가서는 재산 싸움하고
제삿날에는 종교 싸움하고
저승 부모는 자식들 모습 보며 통곡하고 계신다.

봄, 여름, 가을, 겨울을 보내도 변하지 않는 자식들.
자식들 마음에 봄은 언제 오려나.

불효자는 웁니다, 노래를
자식들이 부를 때를 기다렸건만
자식들 눈에는 눈물이 없나 보다.
깨우침마저 없는 자식들.

자식들

손바닥과 손등을 엎어 뒤집어서
짝을 지어 조개 캐기 시합하네.

두 발 호미, 세 발 호미, 네 발 호미로
우리 가족 백사장을 판다.

조개는 백합, 피조개, 맛조개.
사위는 삽으로 모래 위를 살짝 파고
손녀딸 보고 소금 뿌리라 하니 엉뚱한 데 쏟아버리고.
다섯 살 손녀딸 그래도 너무 예쁜 손녀딸.

맛조개 구멍에다 소금 넣으니
쑥 올라오고 여기저기서 조개 잡았다, 소리 지르니
그 소리는 행복 소리요, 천국 소리다.

가장 못 잡은 사람은 설거지하기
손주들 설거지 시키니 며느리 하는 말,
물 한 방울 안 묻힌 내 아들들 설거지 시킨다,
투덜대는 예쁜 며느리.

가족

좋은 일은 아내가 한 것.
안 좋은 일은 내가 한 것.
잘못한 일이다. 사과하라.

책임지는 일을 하고 남에게 돌리지 말라.

책임을 져라.

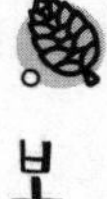

복

내 복주머니는 다섯 개.
아내를 만나니 아내의 복주머니가 열 개.
둘이 합치니 열다섯 개라 부자 됐다.

고집 센 사람은
소꼬리를 땅속에 삼 년을 묻어두었다가 캐 보면
그냥 있는 것과 같다.
변하지 않는다는 말이다.

올 여름 더위는 염소 뿔도 녹일 정도의 더위였다.
매미는 왜 옥상 대야의 물에 빠져 자살했을까?

고추잠자리도 나뭇가지에 쉬어가는데
나도 쉬어가자.

휴가

아내, 아들, 며느리, 손주, 사위, 딸, 외손녀.
대가족 여행이다.

태안 바닷가 황금 모래 백사장
밀가루 뿌려놓은 듯 부드럽다.
갈매기 꽥꽥 노래 부르고
작은 물새 떼 지어 파도 따라 밀려 나왔다.
파도 따라 물가를 따라 다니며 무언가 먹는다.

파도 따라 떠내려온 다시마, 미역 줄기 건지는 여성.
저녁노을에 비친 햇살은 파도에 반짝이고
바닷가를 거니는 노인의 모습은 영화 속 한 장면 같다.

빈 들

빈 들에도 잡초는 피는데
나도 세상 잡초로 피어 왔다가
사랑하는 아내 만나 자식 꽃 피우고

인생 길 굽이굽이 돌아
잡초로 살다가
나는 흙으로 가고
영은 하늘 고향으로 가리.

빛과 그림자

썩은 곳에서 새 생명이 태어난다.
어두운 곳에서의 밝은 빛이다.
더러운 곳에 깨끗함이 있다.
가난한 곳에서 부자가 태어난다.
죽고 사는 전쟁터에서 영웅이 난다.

밝은 곳에는 그림자가 있다.
그곳을 살펴라.

못 배운 자 마음속에 배움의 열망이 있다.
죽도록 글 쓰고 싶다.

배보다 배꼽이 더 크다

밥은 오천 원짜리 먹고 담배는 사천오백 원짜리 태우고
디저트는 칠천 원, 팔천 원짜리 먹는다.
배보다 배꼽이 더 크다.

작은 성공을 하라.
큰 성공을 하려면 불행도 그만큼 크다.

학생들도 학교, 학원 배우기만 한다.
스스로 하는 습관이 없다.
홀로 하는 예습이 없다.

무조건 외워라.
남는 것이 있을 것이다.

작두콩

손녀딸 가지고 놀던 작두콩
옥상 밭에 심어놓으니 싹이 나고
잘 자라 꽃이 피었네.

꽃이 피고 진 자리엔 작두콩 열리니
손녀딸 작두콩 흔들며 놀던 예쁜 모습 생각난다.

작두콩 열 개가 달렸네.

작두콩 한 알이 밀알 되니
주렁주렁 달렸다.
손녀딸 보고 싶다.

그리워진다.

채송화

쓸모없는 잡석 쌓아 만든 뜰,
그 틈에 피어난 꽃 채송화.
빨간색, 분홍색, 노란색 꽃이 피고
아름다움을 세상에 선물한다.

척박한 삶을 인내하고 참으며 피어난 꽃, 채송화.
비 내리는 날 울며 지는 꽃, 채송화.
아침에 피었다 저녁에 지는 꽃, 채송화.

옥상 모기

옥상
낮에는 태양에 달구어져 찜통이 되고
저녁에는 열대야로 잠을 못 자는데
모기 한 마리 방충망 뚫린 곳으로 들어왔나?

얼굴을 스치고 귓가를 맴돌다
아프지도 않은데 팔뚝에다 주삿 바늘 꽂아 피를 뽑아간다.
내 피로 모기는 식사를 한다.
나는 아프고 괴로운데 모기는 얼마나 맛있을까?
얼마나 즐거울까?

나는 힘든데 모기는 파티하네.
손으로 잡으려 해보지만 얼마나 날쌔고 빠른지
잡을 수가 없다.
모기도 잘 먹고 번식하려 하나 보다.

각시 되려나,
시집가려나.

말하라

할 말은 생각날 때 하라.
기회는 또 올 것 같지만 오지 않는다.

두려워 말고 말하라.
이 순간은 영원히 안 온다.

지금 가까이 가서 말할 때다.
정확하게 귀에 대고 말하라.

사랑한다 말하라.

올라간다

하늘에는 연이 올라간다.
땅에서는 담뱃값이 올라간다.

버스 요금 올라가고 전철 요금 올라간다.
전셋값, 월셋값 올라가니 나는 갈 곳 없어 노숙자 되네.

내리는 것은 하늘에서 내려주는 생명의 단비뿐인데,
비마저 안 내려 긴 가뭄 들고 국민들에게 고통 주네.
모든 작물은 말라 죽고 국민은 메르스로 죽어가네.

슬리퍼

5일장 시골 장에서 산 천 원짜리 플라스틱 슬리퍼.
오래 신어 끈 떨어지면
구멍 뚫어 철사 줄로 꿰매어 신고
또 끊어지면 또 꿰매어 신었네.

뒷굽이 달아 칼날같이 닳았고
슬리퍼 하나로 화물차 운전하며 짐을 싣고
서울 올라가고 시골로 내려왔네.

슬리퍼 하나로 열 식구 먹여 살렸네.
서울 올라가다 차를 세워놓고
허기진 배 채우려 빵 먹다가 빵을 입에 물고 잠이 들었네.

그토록 배고팠던 가난은
가족의 옛 이야기로, 나의 추억으로 남기려네.
함께한 아내에게 사랑을 전하네.

고맙고 감사합니다.

도라지

도라지 꽃
가위로 만든 종이꽃같이
하얀 꽃 피었네.

백도라지, 청도라지 꽃잎은 다섯 개
꽃봉오리도 오각으로 생겼다.
세상사 순리 따라
하나둘 꽃은 피고 지겠지.

기분 좋은 할아버지

막내 손주 4층에서부터 수박 4분의 1쪽 가지고
할아버지, 할머니 잡수시라 5층으로 올라왔네.

아내가 먹기 좋게 썰어놓으니
할아버지, 할머니, 손주 함께 수박 먹고
옥상에 불어오는 시원한 바람은 서쪽에서 동쪽으로 불고
답답한 마음은 모두 날려 보내니
이것이 신선 아닌가.

5층에 달아놓았던 샌드백 묶어 놓은 것 풀어주고
막내 손주 주먹과 발로 차며 무얼 생각할까?
주먹으로 때리고 발로 찰 때마다 변하거라.

어제, 오늘 할아버지 글 쓴 것 손주에게 읽어주고
손주가 할아버지 잘 쓰셨네요, 칭찬하네.
손주에게 칭찬 들어도 기분 좋은 할아버지.

책

책은 유통기한이 없다.

책을 쓴 자는 하늘나라로 여행가고

죽은 자에게서 산 자도 배우고
죽은 자도 배운다.

목련꽃

북향으로 피는 꽃
목련꽃

하얀 꽃
분홍 꽃
순한 꽃
착한 꽃

다른 꽃들은 극한의 추위를 이겨내기 위해
겨울 동안 눈보라, 진눈깨비
살을 에는 칼 추위를 이겨내고
살아남은 가지에서 따뜻한 남쪽을 향해 꽃 몽우리 피우건만
목련아, 너는 왜 늦은 가을부터 꽃 몽우리 피우느냐.

다른 꽃같이 추운 겨울이라도 지나고 나서 피우지 그랬니.
더 아름답고 예쁜 꽃을 피우기 위해
다른 꽃보다 먼저 추운 겨울에 꽃 몽우리 피운다네.

마지막 가을이 지나고 극한의 모진 겨울을 이겨낼 때

하얀 꽃
분홍 꽃
하늘의 황홀한 꽃이 봄에 피어난다네.

이 꽃이 목련꽃
북쪽을 향해 피는 꽃

법

세상의 법은
착한 사람을 지켜주는 법이 아니다.
법을 아는 사람만 지켜주는 법이다.

권력 쥔 자,
돈 많은 자의 것이 됐다.

내가 선택한 길

내가 선택한 길

오늘도 뒤돌아보니
헛된 길 걸었네.

내일은 좋은 길
꿈의 길 꽃 피는 길

걷고 달려서 가리라.

깨달음

가난은 부유함을 찾게 하네.
못 배움은 배움과 지식을 찾게 하네.
깨달음이 있을 때만이
성공과 행복이 오네.

비움

옥상 문틈으로 황소바람 들어오는 1월 31일 마지막 날
해소기침 숨 가쁘게 토해내는 68세 노인.
죽을 것만 같다.
성난 파도처럼 기침은 밀어붙인다.

파도가 바닷물을 뒤집듯이 기침이 한참 지나가고 나면
온몸은 열이 나고 목이 붓고 배 속까지 아프다.

혈압과 당뇨병을 앓고 있는 노인은
눈알이 충혈되고 호흡은 가쁘다.
목에서는 칼바람 색색 소리 내며 괴롭힌다.

오늘도 혈압 약 당뇨 약 먹으며
하늘에 구름 가듯이 마음을 비우고 하나씩 정리해간다.

Part 3

당신과 나의 이야기

옥상 달팽이

고추, 더덕, 배추, 상추 심어 놓고 아침저녁으로 물을 주니 잘도 자란다. 어느 날은 관심이 없어 물을 안 주면, 태양에 익어 시들시들하고 달팽이 덤벼들어 배춧잎 갉아먹어 구멍 내서 상처 주니 아침마다 나무젓가락을 들고 달팽이와 배추벌레 잡느라 전쟁한다.

오늘도 내가 열 마리나 잡았으니 이겼다. 다음 날, 어디서 또 왔는지 달팽이, 벌레 덤벼들어서 식사하니 얼마나 맛있을까? 같이 먹고 살자 하네. 나도 먹고 벌레도 먹자 하니 배춧잎은 그물망이 되었네.

5일장

가난한 집으로 시집간 딸이 아기를 낳고 먹을 것이 없어 굶고 있다는 소식을 마을 사람을 통해 듣고, 친정엄마가 함께 사는 막내며느리 몰래 쌀광으로 들어가 몸빼 가랑이를 묶어 허리로 쌀을 붓고, 또 주머니마다 가득 채운 후 허리띠를 굳게 묶는다.

하루에 한 번 들어오고 나가는 버스를 기다렸다가 버스가 오면 무거운 발걸음을 한 발, 한 발 움직여 버스에 탄다. 얼마나 무거웠을까. 얼마나 힘들고 창피했을까. 오직 산모 딸을 먹여야 한다는 엄마로서의 생각만 하셨을 것이다.

삼십 리 비포장도로를 달려 5일 장터에 내려서도 딸이 사는 곳까지는 십 리를 더 걸어가야 했다. 엄마는 딸과 외손주를 먹여 살려야 한다는 생각뿐이셨을 것이다.

무거운 발걸음으로 딸의 집에 도착해, 몸빼 가랑이에 묶은 끈을 풀어 쌀을 쏟아놓고 주머니 속에서도 쌀을 꺼냈다. 그 쌀은 사랑과 목숨이 담긴 쌀이다. 바짓가랑이 사랑쌀이다. 열두 남매의 막내로 태어난 철없는 딸. 5일장이면 친정엄마 오시길 손꼽아 기다린다. 엄마가 안 오시는 날에는 마을 사람들에게 안부를 물어 엄마 건강을 확인했다. 그렇게도 배고팠던 시절. 엄마의 가랑이 쌀, 주머니 속에 담긴 쌀이 유일한 생명줄이었다.

엄마, 그토록 사랑했던 딸을 엄마 마음대로 시집보내지 못해 애태우시고 애간장을 녹이시던 엄마, 지금은 잘 살고 있어요. 하늘나라에서는 자식 걱정 마시고 편히 쉬세요. 엄마한테 잘해드리지 못했음을 후회합니다. 불효자식 용서하세요. 엄마 생각만 해도 눈물이 나네요.

사과나무

농장 주인이 심어 놓은 사과나무 한 그루. 5년, 6년이 지나자 열매를 많이 맺어 이익을 주더니만 10년, 15년이 지나니 열매는 맺지 않고 거름만 빨아먹는 나무가 되었다. 직급으로는 부장, 이사가 되어 접대비, 판관비, 손실금을 쓴다.

옛정을 생각해서 거름을 계속 주겠는가? 농장주 사장님 말씀, 묵은 나무 옆에다 서울대학 나온 신품종 하나 심어서 업무 파악되면 묵은 나무는 잘라낸다고 한다.

회사에서 꼭 필요한 사람인가 가슴에 손을 얹고 생각하라. 어디를 가든 필요한 사람이 되어야 한다.

소년

비 내리는 날, 깊은 산속 외딴집 움막 속에 살던 소년은 비닐 문을 열고 밖을 내다본다. 배고픔을 참지 못해 밖으로 나간다. 무섭도록 배고픈 소년은 돌아오지 않는 아버지를 비 맞으며 기다리지만 아버지는 안 오시고 배고픔에 울던 소년의 눈물은 빗물에 씻겨 흘러가고. 그 눈물은 한의 바다가 되겠지.

협동조합

나 개인도 협동조합이다. 내가 돈을 벌어야 나 스스로를 먹여 살리고 나를 지킨다. 내가 돈을 안 벌면 얻어먹는 노숙자다. 경제가 있어야 한다. 모든 것은 경제를 바탕으로 이루어지는 것이다. 가정도 협동조합이다. 자녀들에게 투자하는 것은 좋은 투자, 가장 확실한 투자다. 자식이 잘 되면 부모를 지켜줄 것으로 생각하고 투자한다. 기업도 좋은 업종에 투자한다. 사원들을 잘 뽑아 필요한 곳에 적시에 투입해야 성공한다. 공동체 의식을 사원들에게 심어줘야 한다. 국가도 협동조합이다. 국민이 함께 일해 국가를 위해 세금을 내고 국가는 운영을 잘해 이익을 남겨 국민들에게 복지로 돌려줘야 한다.

낮은 자, 그늘진 자, 노약자, 장애자, 헛되이 세상을 살다가 좌절하는 자, 인생을 포기하고 죽음을 생각하는 자. 복지로 꿈을 주어 일할 수 있는 것이 협동조합이다. 국가는 협동조합이다. 세계는 하나님 협동조합이다.

초등학교 동창 부부 모임

강원도로 초등학교 동창 부부 모임에 갔다. 사회자가 마이크를 들고 말한다. “오늘 오신 친구 사모님들 중에 죽었다가 다시 태어난다면 지금의 남편과 결혼할 사람은 손들어보세요.”

여자들은 지금까지 산 것도 지겨운데 죽었다 다시 태어나도 살겠냐며 반대의 말을 했다. 그때 한 여자가 손을 들었다. 아내다. 나는 무슨 말을 하나 두근대며 기다렸다. 아내는 죽었다가 다시 태어나면 남편과 결혼하고 지금같이 살다가 남편이 죽는 날 따라 죽어 같이 화장해서 함께 땅속에 묻힐 거란다.

친구들도, 친구 부인들도 난리가 났다. 사회자는 나보고 사기꾼과 산다고 했다. 내가 죽으면 따라 죽는다고 했다가 안 죽으면 그만이란다. 나는 사랑하는 아내가 죽든 안 죽든 그 말을 믿고 살다가 죽을 것이다. 사랑에 취해 살 것이다. 하지만 내가 죽었을 때, 아내가 따라 죽지 않기를 바란다.

내가 죽었다가 다시 태어난다면, 여보 당신과 결혼하고 싶습니다.

무릎 꿇고 청혼할 때 받아주셨으면 합니다.

외손녀 치과 가던 날

세상에서 제일 예쁜 외손녀가 치과에 가던 날, 할아버지 마음은 저려온다. 병원에 도착하니 대기실은 아이들로 북적인다. 치료받는 아이들 울음소리, 치료받고 나온 아이들 슬피 운다. 외손녀 차례가 되어 진료실에 들어서니 울지도 않고 치료를 잘 받는다. 양치질을 잘 해줬는데도 이 사이에 음식물이 끼어 벌레가 먹었나 보다.

일주일 후 다시 치과에 가서 두 개는 은으로 씌우고, 남은 네 개는 치료 후 불소 발라 그냥 쓰기로 했다. 치료 잘 받은 외손녀, 울지도 않고, 외할아버지 닮아 그런가 착각해본다. 예쁜 외손녀.

육성회비

농촌에서 농토도 없는 농사꾼 아들로 태어났다. 철들기 전 가난을 알았다. 배고픔을 알았다. 4학년 때 아침도 굶고 학교에 등교하니 선생님은 육성회비 안 가져온 사람은 앞으로 나오라 했다. 대나무 자로 손바닥 때리고, 집에 가서 육성회비 가져오라 하니 집에 가도 가져올 돈 없어 학교에서 나왔다. 논둑, 밭둑 걸으며 개구리, 벌레 잡고 남의 집 함석지붕에 돌 던져 소리 내고, 친구들 하교시간 되어서야 나도 집으로 갔다.

그래도 내 엄마 나를 반기고, 내가 하지 못한 말 엄마는 어떻게 알고는 육성회비 대신 선생님께 편지를 써 주셨다. 선생님은 그 편지를 받아보시고는 답장 주시니 그다음 육성회비는 선생님이 내주시고 나는 여주로 이사를 갔다.

솔로몬의 지혜

솔로몬은 세상의 모든 것을 얻을 수 있는 것이 지식이라 생각했다. 지식에 대해 연구하고 학문을 실현시켰다. 학문으로 얻을 수 있는 것이 너무 괴로웠다. 아는 게 많으니 더욱 힘들었다. 몰라도 될 것을 알아 하나님께 아멘을 하지 못했다. 지식으로는 허전한 마음을 달래지 못해 쾌락을 선택한 솔로몬은 많은 궁녀를 거느리기도 했다. 솔로몬은 쾌락으로도 못 채우는 인간의 마음을 물질로 채워보려 했다. 돈을 벌면 채워질 것이라는 생각으로 돈을 벌었으나 돈으로도 텅 빈 마음과 허전한 마음을 달랠 길 없었던 솔로몬은 "모든 것이 헛되고 헛되며 헛되도다"라는 유명한 말을 성경에 남겼다.

인간은 모든 것을 내려놓고 가는 길인데 무슨 일인가. 나도 욕심부리고 있다. 모든 것이 욕심이다. 욕심 때문에 사고 친다.

꽃꽂이 사랑

아내가 어느 날 집을 나갔다. 딸네 집에 가 있단다. 말 없이 나간 아내는 오늘도 소식이 없다. 그래도 나는 아내를 믿는다.

오늘은 내 엄마의 추도 예배 날이다. 나는 아내에게 전화도 하고 문자도 보냈다. 누군지 모르지만 영화 보는 중이라는 문자가 왔다. 사랑 없이 집을 나간 지 70일째 되는 날. 연락이 없어 전화 두 번, 문자 세 번 하니 답장 문자 내용, 오늘은 여행 중이라 한다. 추도예배에는 당신 혼자 다녀오라는 짤막한 문자가 왔다. 누구와 무슨 여행을 하는지 철없는 아내, 지금은 화려한 꽃꽂이 사랑. 뿌리가 없어 금방 시드는 사랑이다.

내 남편을 남과 비교하면 그 가정에는 불행이 온다. 마찬가지로 내 아내를 남의 여자와 비교해서도 안 된다. 꽃꽂이 사랑이 된다. 부족해도 못난 듯 해도 뿌리 깊은 사랑을 하기를. 그것이 가정을 지켜주는 행복이다.

넘어지는 인생

남편 때문에 넘어지는 인생, 아내 때문에 넘어지는 인생, 아들이 태클 걸어 넘어지게 하는 인생. 땅콩 사건이라 불리는 비행기 회항 사건이 2014년을 떠들썩하게 했다. 나는 비행기를 한 번도 타본 적이 없다. 항공사 사장은 딸이 아버지 인생을 태클 걸어 넘어트렸다. 아무리 잘 가보려 해도 아내가 태클 걸어 넘어트리기도 하고, 자식이 넘어트리기도 한다. 발목을 잡고 움직이지 못하게 한다.

나는 넘어지고 자빠져도, 코가 깨져도 일어나려 하지만 일어날 수가 없다. 발목이 묶여 있기 때문이다. 날개를 꺾어 놓은 사람이 있다. 그것이 가장 가까이에 있는 가족일 수도 있다. 땅콩 사건같이 되지 않게 하라.

내가 구긴 인생

"자라 보고 놀란 가슴 솥뚜껑 보고 놀란다"고 했다. 누가 나를 쓰레기통에다 버렸나, 내가 스스로 쓰레기통으로 들어간 것이다. 은박지 구기듯이 내가 나를 구겨버렸다. 구겨진 은박지 다시 펼 수 없듯이, 구겨진 인생도 새롭게 펴기가 어렵다.

내가 어려움에 맞닥뜨렸을 때에도, 내가 절망의 늪으로 빠졌을 때에도, 되돌아보면 다 내가 만든 길이었다. 마지막 갈 곳 없는 절벽 끝에서 있더라도 그 길은 내가 만든 길이었다. 잘못된 생각과 행동에 병이 들었다. 육신에 병이 든 적도 있다. 지금이라도 남을 탓하지 말고 올바른 길을 찾아가라. 그것이 내가 만든 성공의 길이다.

질경이 인생

질경이는 잡초가 아니다. 질경이가 서식하기 좋은 곳은 척박한 길가나 사람들이 많이 밟고 다니는 길이다. 사람들 발길이 많다 보니 발길에 차이고 상처도 입는다. 때론 자동차가 지나가기도 하고, 농기계가 밟고 지나가기도 한다. 몸은 으스러지고 상처 입고 치유되다가 치유가 안 되면 세상을 떠나고 만다.

나는 넙적하게 낮은 자세로 자랐다. 사람들이 관심 없이 발바닥으로 밟을 것을 생각해 미리 낮은 자세로 행동하고 자랐는지도 모른다.

사람들은 질경이를 뜯어 나물을 해 먹지만 귀하게 여기지는 않는다. 관심도 별로 없다. 그러다 보니 잡초가 되었나 보다. 질경이도 사람들의 관심을 받고, 비닐하우스 속에서 재배가 되며, 적당한 온도로 돌봄을 받는다면 예쁘게 자랄 것이다. 귀한 질경이가 될 것이다.

인간도 관심 없고 쓸모없는 사람 같아 보여도 쓸모없는 사람은 없다. 인간도 질경이처럼 밟히고, 뜯기고, 고달픈 삶을 사는 사람이 많다. 발에 차이고 상처 입지만 쓸모없는 사람은 아니다. 재능 있는 사람이 될 수도 있다. 그 사람을 볼 줄 모르고 알아주지 않아서 쓸모없는 사람처럼 보일 뿐이다.

호스피스 아내, 희경

내 아버지는 직장암으로 대변을 못 보시고 기저귀를 차고 계셨다. 아들은 비위가 약해 아버지 방에만 들어가면 어른 변 냄새가 너무 심해 헛구역질이 나고 몸속에 있는 것들을 토해냈다. 기저귀를 갈아드리고 씻겨드리는 것은 천사 아내의 몫이 됐다.

아내는 시아버지의 호스피스가 되었다. 아버지의 모든 것을 다 씻겨드렸다. 아버지는 창피한지 몸을 움츠리셨다. 천사는 괜찮다며 씻겨드렸다.

천사 호스피스 그 이름 거룩한 아내. 고맙습니다. 감사합니다.

당신

"만남과 헤어짐이야 누구에게나 있으련만 당신은 아닙니다. 당신과 함께한 세월이 45년이 되었습니다."

2015년 을미년. 새벽부터 핸드폰으로 잘 알지도 못하는 사람들에게서 축복의 메시지가 온다. 물론 누구한테 왔든 고마운 일이다. 확인 못 한 문자도 있다. 돈 빠져나간다는 문자가 많다. 새벽어둠이 덜 가신 이른 시간에 큰 손자 은기가 할머니를 찾는다. "새해 복 많이 받으세요." 운동 나가기 전에 인사하러 왔단다. 잠시 후 아들, 며느리, 손주들이 올라왔다. 항상 불쌍하고 도와주고 싶다. 그러나 나는 능력이 없다. 나도 고령의 노인이 되었다. 자식 생각하면 내 마음은 안타깝고 어두운 구름이 끼고 천둥이 친다. 가난에 어려운 상황을 피할 길도 없다. 탈출구도 없다. 안 보인다.

자식과 함께 살기에 때로는 희망도 있다. 아내와 나의 삶에 유통기한은 없다. 영원하다. 지금 내가 쓰는 글도, 이 글이 책으로 나오면 영원하다. 책에 유통기한은 없다.

당신과 나의 사랑 영원하리.

탓

내가 지금 생각하는 일들이 잘 안 풀린다고 해서 실망하지 말라. 고난과 고통은 세월 가면 지나가리라. 너무 크게 생각하면 안 풀린다. 현 시점에서 할 수 있는 것을 그리고 조각하라. 그리하면 풀릴 것이다.

물에 빠진 사람은 무엇이든 잡고 살려고 애쓴다. 지푸라기라도 잡으려는 마음이다. 일 못하는 사람이 연장 탓한다고 했다. 연장이 손에 안 맞으면 손에 맞게 만들어 쓰면 된다. 돈 벌러 나간 택시가 돈은 안 벌고 과천 경마장에 가 있는 걸 본다.

나사를 오른쪽으로 돌려야 만들고자 하는 것을 만들 수가 있는데, 왼쪽으로 돌리니 나사를 박을 수가 없다. 그러면서 세상을 욕한다. 전구를 오른쪽으로 돌려야 소켓에 들어간다. 왼쪽으로 돌리면 아무리 잘 돌려도 들어가지 않는다. 자신의 잘못을 깨닫지 못하고 소켓만 탓한다.

게으른 자는 남의 탓만 한다. 아무 일도 할 수 없다. 못 한다. 게으른 것은 병이다. 병 중에서도 회복할 수 없는 무서운 병이다. 약도 없다.

미국 부모들은 남이 안 하는 일, 남이 안 가는 길을 가라고 한단다. 개척과 창조의 길을 가르친다. 일본 사람들은 남에게 피해주지 않는 일을 하라고 한단다. 말은 아름답게 하지만 행동은 다르다. 중국 사람들은 돈을 많이 벌라고만 한단다. 내가 어렸을 때는 중국 사람들을 '떼놈'이라 부르기도 했다. 얼마나 지독한지 돈이 들어가면 쓰지를 않는다. 그래서 떼놈은 지독하고 무섭다고 했다. 중국은 그렇게 돈만 벌라고 하더니 지금은 돈으로 세계를 사려고 하는가 보다. 돈으로 세계 주요 요지를 사들이고 있다. 한국 사람은 운동이든, 공부든, 기업 운영이든, 무엇을 하든 무조건 이기라고 가르친다.

어떤 가르침이 좋은 가르침인지 세월이 흐르면 알게 될 것이다. 씨를 뿌리면 싹은 날 것이다. 내가 뿌린 대로 날 것이다.

다리

돈의 다리는 네 개고, 사람의 다리는 두 개다. 사람이 아무리 빨리 뛰고 달려가도 돈을 쫓아가 잡을 수는 없다. 돈은 다리가 네 개라서 네 다리로 달린다. 사람은 두 개의 다리로 달린다.

잡을 수 없는 돈을 잡으려 하다 몸만 망가진다. 그래도 최선을 다해 노력하는 자는 빚은 안 지고 살아갈 수 있다. 세상 잡짓을 안 할 때 먹고 살 수는 있다. 잡짓은 각자의 마음속에 있다. 마음에 성공을 심어야 한다.

큰손주 중학교 졸업식 날

중학교 학생들이 졸업식 시작 전 사물놀이로 분위기를 띄웠다. 중학생들의 사물놀이지만 정말 잘한다. 높은 수준이다. 교장선생님이 지역 유지 분들과 시의원님들을 소개하고 부모님들, 학부모 회장단 소개를 했다. 학생들 상장과 졸업장 수여식이 있었다.

교장선생님은 떠나는 제자들에게 책을 많이 보라 했다. 책을 많이 읽어 실력을 길러놓으면 기회가 올 때 잡을 수가 있으나, 실력이 없으면 기회가 와도 잡을 수가 없다고 했다.

지금은 중학교를 떠나지만 지금이 마지막이 아니라 새롭게 시작하는 시점이라 했다. 겨울이 가고 봄이 오듯이 졸업생들에게도 새로운 시작이 된다고 말씀하셨다.

새로운 곳에서는 기회도 많이 올 거라고 했다. 새로운 기회를 잡기 위해 책을 남보다 많이 읽어 실력을 기르고 튼튼하게 갖춰놓으라고 했다. 기회는 항상 오지만 실력이 없으면 내게 오는 기회를 잡을 수 없다고 했다. 안타까운 일이라 했다.

고등학교는 새로운 세계다. 머리가 터지도록 공부하는 곳이다. 경쟁하는 곳이다. 인생의 기회를 고등학교에서 잡는다. 세상을 편히 사느냐, 평생을 고생하고 사느냐가 결정 나는 곳이 고등학교다. 내 손주 믿는다. 파이팅!

가을 들녘

깜깜한 밤에 고구마 캐간 밭에서 이삭줍기를 한다. 날이 어두우니 발로 고구마를 차서 주워 자루에 담았다. 비료부대 자루로 열 개를 담았다. 큰 수확을 올렸다.

날이 밝자 메뚜기를 잡으러 갔다. 아내와 나는 찬 이슬 내린 논둑, 벼 수확한 빈 논둑으로 걸어갔다. 메뚜기들이 밤새 이슬에 맞아 날개가 젖었으니 날지 못한다. 그때 잡아야 한다. 메뚜기들은 풀잎에 숨어 있다. 풀 색깔로 변한 메뚜기는 안 보인다. 억새풀에 숨을 때는 억새풀 색으로 변한다. 위장의 천재다. 억새풀잎 뒤쪽으로 숨는다. 메뚜기들은 날지 못한다. 풀잎 뒤로 돌아 살짝 숨는다. 너무나 영리하다. 그래도 사람한테는 잡힌다. 이슬이 있을 때 잡는다. 메뚜기 몸에서 이슬이 마르면 날개를 이용해 메뚜기들은 날아서 도망간다.

어느새 동쪽 하늘에서 찬란한 햇살이 떠오른다. 풀잎에 매달린 이슬이 보석 되어 반짝인다. 햇살에 반짝이는 이슬 보석. 나의 인생 보석, 아내의 행복 보석이 되었으면 한다.

논에서 잡고, 논둑에서 잡고, 작은 저수지 옆 갈대밭에 메뚜기가 많아 갈대숲에서 잡았다. 햇살이 밝아지고 메뚜기 날개 위에 내린 이슬이 마르자, 메뚜기는 뛰는 게 아니라 날개를 이용해 난다. 지혜롭다. 빠른 메뚜기다. 나를 약 올린다. 내가 잡으려 하면 날아 내 옷 소매쯤에 앉았다가 잡으려 하면 날아간다. 메뚜기도 날개를 이용해 살기 위해 날아 도망간다.

나는 무얼 하는가? 아내 위해, 가족을 위해 보여줄 날개가 없다. 아내 위해 작은 날개라도 펴서 날아보리라. 사랑의 날개, 행복의 날개. 아내가 좋아하는 여행 날개를 펴서 날갯짓을 하리라. 여행을 좋아하는 날개를 펴리라. 아내와 함께 여행 날개로 세상 끝까지 날아가리라. 가정이 평안한 날개를 펴서 아내와 가족을 품으리라. 처음 만날 때 사랑했던 그 초심으로 사랑하리라. 아내 위해 열심히 노력하리라. 믿음이 가는 남편이 되리라. 아내만의 사랑에 빠지리라.

해님

해님이 세상 어두움을 뚫고 동쪽 바다 위에다 붉은 꿈과 희망의 양탄자를 깔아놓았다. 황붉은 양탄자는 바다에 별을 뿌려 반짝인다. 보석을 뿌려놓았다.

해님은 갈매기를 부르고 바다 새들도 불러서 양탄자 위를 걸어가며 손잡고 희망의 노래를 부른다. 고래 떼 노래 부르고, 하늘 나그네로 높이높이 권력 쥐고 살다가 바다 위 외로운 황혼길 홀로 가는 늙은 나그네. 인생의 저녁노을이 질 때 서쪽 바다 위에다 황혼의 짙은 색 양탄자 깔고, 마지막 지는 인생에 황혼 꽃마차를 타고 파도 위를 달려간다.

늙은이의 꿈을 싣고 달리는 마지막 꽃마차는 시간도 너무 빨리 달려간다. 하루는 더디게 가지만 눈 깜빡할 사이에 일 년이 또 갔다.

인생 길

어머니 몸속에서 태어나 세상의 빛을 보고, 탯줄이 엄마로부터 단절될 때 인생길은 홀로 가게 된다. 그 길은 험하고 무섭고 길고 외로운 길이다. 위험하고 높은 길이다.

가도 가도 내가 가는 길에 끝은 없다. 내가 올라가고 있는 이 길의 높이의 끝은 어디일까? 배움의 높이, 물질의 높이, 끝없는 과욕과 정욕, 욕심의 높이는 올라가도 더 오르고 있다. 깊이 파고들수록 더 깊이 내려가 보고 싶은 것이 인생이다.

어떤 사람은 돈 많고 좋은 부모님 밑에서 태어나 인생의 먼 길을 좋은 자가용 타고 쉽게 간다. 어떤 사람은 부모님 빌딩으로 높은 빌딩을 엘리베이터 타고 쉽게 가는 사람도 있다. 그러나 인생길에서 가난한 자는 먼 길을 걸어서 가야 한다. 높은 빌딩을 계단으로 걸어가야 한다. 엘리베이터를 타기 위해 돈을 번다.

인생에서 끝도 없이 선택하고 행선지를 바꿔야 할 때가 있다. 끝없이 노력해도 걸어야 하고 계단으로 올라가야 하는 안타까운 인생도 있다. 쉬운 엘리베이터를 두고 계단으로 가는 길은 내가 선택한 것이다. 선택한 것은 내가 책임져야 한다.

욕심의 수레를 끌고 숨이 턱 끝까지 차게 욕심을 싣고 간다. 수레에서 욕심을 내려놓으면 내려놓는 것만큼 인생의 수레는 가벼울 텐데.

모기

백성이 잠자리에서 편히 잠을 자려 해도 모기는 잠을 자게 두지 않는다. 백성 귓가를 뱅뱅 날아다니며 얼굴 전체를 슬쩍슬쩍 스쳐가며 무언가를 노리고 찾는다.

모기가 노리고 찾는 것은 피(돈)다. 피가 어디에 고여 있으며 어디에 모이는가, 그 피를 어떻게 빨아 먹을까 찾는다. 피는 사방에 고여 있다. 국가가 운영하는 기업이나 국가가 운영하는 조직에는 피가 많다. 못 빨아먹는 모기는 바보라 한다. 모기들은 날갯짓을 힘차게 한다. 잘 먹어서 그런지 활발히 움직인다. 힘도 넘친다.

백성 모기들은 삶에 지쳐 쓰러지고 지하 셋방에서 자살도 한다. 원전에서 서식하며 피를 빨아 먹는 모기가 있다. 부품 하나를 두 번, 세 번 빨아 먹는다고 했다. 군 조직에서 서식하며 빨아 먹는 모기가 있다. 무기를 살 때 가격을 부풀리거나 거짓 장부로 피를 만들어 빨아 먹는다. 경비 모기가 10원 먹었다고 하니 별관 모기는 큰고래에다 방어 무기를 2억에 달고 41억에 달았다고 하고 남은 피를 빨아 먹었단다. 백성 목을 뚫어 빨아 먹는 돈피 모기를 잡자 잡아.

어떤 모기는 전자제품 수출했다며 대출해서 2조를 빨아 먹었단다. 그때 대왕 모기가 나타나 100조를 먹었다고 한다. 정말 대단한 모기다. 백성 목에다 빨대를 꽂아 빨아 먹을까. 그래도 먹을 게 없으면 돈피를 만들어서 먹는다 한다.

"하나님, 살아계십니까? 하나님, 소리를 들려주세요."

빚

빛은 광채가 나고 어둡고 그늘진 곳을 밝게 비춘다. 힘들고 어려운 이들에게 희망을 준다. 그러나 나의 빛은 꿈과 희망을 주는 빛이 아니고 절망과 고통, 좌절을 안겨주는 빛(빚)이다.

집을 담보로, 가계빚이라는 이름으로 빚을 얻었다. 빚의 이자는 날이 맑으나 비가 오나 봄이 와 꽃이 피나 여름이 와 옷을 벗어놓고 해수욕장에서 물놀이를 할 때나 벗어놓을 수가 없다. 가을나무는 오만 가지 색깔로 옷을 갈아입는다. 그 옷이 어찌 그리 아름다운지, 나무는 성장을 멈추고 낙엽의 옷을 세상에다 벗어던진다. 낙엽은 한 잎, 두 잎 떨어지기도 하지만 가을비에 천둥 치고 바람 부는 날에는 몸을 흔들어 우수수 떨어지게 한다. 떨어진 낙엽은 바람 부는 대로 몰려가 구석진 곳에 모이고, 넓은 길 나무 밑의 대지에 뿌려 덮는다.

낙엽 밟는 소리와 사랑이 올 것만 같은 설레는 가을에도 빚은 늘어나고, 이자는 잠도 안 자고 겨울 눈사람 만들 때 굴리는 눈덩이처럼 커지고 늘어난다. 빚진 자는 숨마저 작게 쉬고 죽지 않을 만큼만 먹고 마시고 살아야 한다. 자식들 덤벼들어 뜯고, 손주들 귀엽다 뜯고, 소리 없이 뜯기고 작아지는 부모들은 견디다 못해 자살하는 것일까. 많은 생각 끝에 죽는 부모들 늘어난다. 모든 것 빼앗기고 노숙자 되는 부모들, 갈 곳 어디인가.

화가

11월 늦가을 돌담 가로수길에서 화가가 붓질을 한다. 무엇을 그리려고 하는지 붓질을 하고 또 한다. 붓질을 여러 번 함으로써 그림은 완성되어갈 것이다. 붓질을 할 때마다 그림이 변해간다. 화가의 마음도 변해간다.

낙엽 지는 가로수길, 낙엽 지는 은행잎. 옷깃을 여며야 하는 약간 쌀쌀한 날씨다. 젊은이들의 낙엽 밟는 활기찬 소리를 그리려는지 화가의 붓질은 바쁘다. 칠하고 또 칠하며 인생의 그림을 완성시킬 것이다.

무엇을 그리든 본인의 선택이다. 성공을 그리든 실패를 그리든 본인의 몫이다. 잘못 그린들 삶과 죽음에 무슨 의미가 있으랴. 내가 살아 인생을 그려갈 때, 최선을 다하고 살았을 때 잘 살았다, 생각하면 그 그림은 잘 그린 것이요, 성공한 그림이다.

붓질하는 화가는 어느 날부터 안 보인다. 하늘 고향 가셨다는 흘러가는 소리를 들었을 뿐이다.

사랑하는 아내에게

오늘은 왠지 잠이 안 와 잠자리에서 뒤척이다가 살며시 일어나 밖으로 나간다는 게 곤히 잠든 당신의 잠을 깨운 것 같습니다. 바람 들어가 추울세라 이부자리 매만져주다가 깨웠나 봐요. 잠든 모습 보며 행복했어요.

당신과 결혼한 지 32년이라는 세월이 흘렀군요. 지금 와 너무 많은 것을 깨닫고 느끼게 됩니다. 내 인생에서 당신을 만나고 결혼한 것이 최대의 성공이요, 행복이랍니다. 나는 당신을 나의 주인님으로 마음에 심고 모십니다. 주인님 모습만 봐도, 아내 그림자만 봐도 행복하답니다. 사랑하는 당신이 너무 예쁘고 사랑스러워 깨물고 싶습니다. 하늘에 별도 따주고, 달도 따주고, 세상을 밝게 하는 해도 따 드리고 싶습니다. 이제 나의 행복이 더해진다면 당신의 건강을 지켜달라고 주님께 두 손 모아 빌고 또 기도할 것입니다. 당신의 지금 모습이 예술이요, 행복의 보물입니다. 당신 모습이 결혼 100주년 때도 지금의 모습으로 있기를 주님께 기도합니다. 당신과 내가 성공한 것도, 아들 낳고 딸 낳고 잘 키워주신 당신 덕분입니다.

아들 장가들이고 예쁜 며느리 얻으니 가문의 영광이요, 성공입니다. 손주 셋을 얻으니 나에게 하나님은 큰 성공을 주셨습니다. 손주만 봐도 행복합니다. 사위를 보니 딸이 외손녀를 낳았습니다. 외손녀는 여자아이라 재롱이 다르고 더욱 예쁜 짓을 많이 하니 행복을 줍니다. 아이들은 말썽도 부리며 성장하고 크는 것 같아요.

당신이 알뜰히 생활하며 아끼고 모아 지금 우리가 몸담고 있는 귀한 장막을 하나님께 선물로 받은 것을 잘 알고 있습니다. 귀한 장막에 성공도 행복도 더해줍니다.

오직 당신 건강을 위해 하나님께 기도드립니다. 몸으로 오셔서 몸 찢기고 피 흘리며 돌아가신, 나의 죄를 당신의 죄처럼 멸하여주신 예수님께 기도드립니다. 영적으로 강하게 지켜주신 성령님께도 기도드립니다. 오직 당신 건강만을 위해서 살아갑니다. 당신의 지금 모습 1,000주년 후에도 그대로 있으소서. 당신을 하나님보다도 더 사랑하는 종, 당신의 남편 올립니다.

2014. 12. 15 새벽 3시 52분

아내의 자전거

자전거 타는 아내, 양재천 자전거 도로에서 아내와 함께 달린다. 과천 중앙공원으로. 나는 조금 일찍 자전거를 배워 아내보다 잘 탄다. 아내는 지금 배우는 중이다. 양재천 자전거 길을 달리며 페달을 늦추면 쓰러질까, 아내를 앞에 세웠다 뒤에 세웠다 하며 페달을 밟아 과천으로 간다. 힘든 모습이지만 천천히 잘 따라온다.

중간에 쉬면서 양재천을 보니 물고기가 많다. 잉어들이 떼지어 다닌다. 그런데 웬일인가 금잉어가 검은 잉어들과 함께 놀고 있다. 정말 보기 좋고 아름답다. 어울린다는 게 저런 것이다. 왜가리 무언가 쪼아 먹고 백로는 성큼성큼 걸으며 쪼아댄다. 오리들 물속으로 들어갔다 나오고 날갯짓 한다.

아내와 달려온 공원, 자전거 탄 사람들이 쉬어가는 공원 벤치에 앉아 배낭에 가져온 간식 고구마를 먹는다. 양재천 달려온 행복이다. 아내와 함께했기에 더 행복하다.

제주도 산책

새벽 6시에 펜션을 나왔다. 동쪽 하늘에 황홀하게 떠 있는 태양이 눈부시다. 나는 태양 빛 쪽으로 걸었다. 갈보리교회 십자가, 태양에 반사되어 눈부셔서 볼 수가 없다. 예수님이 우리를 대신해 돌아가신 십자가, 그 광채는 눈부시다. 얼마나 힘드셨을까, 얼마나 고통스러우셨을까. 가시관 쓴 창에 찔려 흘린 피, 십자가 매달려 못 박힌 피, 모두 다 흘리시고 몸속 물마저 쏟아내신 마지막 갈증 생명 십자가. 부활의 십자가, 눈부신 십자가를 볼 수가 없다.

현무암으로 질서 없이 쌓아놓은 낮은 돌담. 이름 모를 나무가 협력해 자라고 돌 틈으로 뿌리가 서로 엉켜 돌을 붙들어주네. 파인애플나무 키다리 모양 쭉쭉 자라 제주 자랑하고, 몸통 아래는 반들반들하고, 위로 올라가면서 서로 깍지 껴 잡고 사랑하네.

위로는 하늘의 신을 부르는 깃발 나뭇잎, 파랗게 손을 펴 예수님을 기다리네. 정원에는 소철나무 푸르고 탱자나무 노란 열매 떨구니 내가 주워서 코에다 대고 냄새 맡고 여행 잘 다녀왔다고 예수님께 말하리라.

꿈

여행지에서 가족이 함께 잠을 잤다. 하루 종일 모래 백사장을 파서 그런지 피곤했다. 새벽 4시 경에 꿈을 꾸었다. 휴가 다녀온 사이에 누가 우리 집을 팔아먹었다. 휴가가 끝나고 집에 가보니 우리 집 짐들을 다른 사람들이 꺼내고 있었다. 왜 남의 짐을 꺼내느냐 하니, 이 집은 자기네가 샀단다. 누군가 우리 집을 팔아먹었다. 나는 집을 판 적이 없다며 물건을 못 내가도록 문을 막고 누워서 발버둥을 치다가 옆에서 자고 있던 외손녀를 발로 찼다. 손녀는 내 발에 차여 울고 난리가 났다. 깨어 보니 꿈이었다. 내 공주 외손녀, 예쁜 손녀. 할아버지가 미안하다.

이불

딸네서 자고 새벽 3시에 일어난 아내는 덮고 잔 이불을 개어 우리 집으로 가져가잖다. 아내는 딸이 이불 빨래하기 힘들다며 두꺼운 요와 이불을 모두 챙겨 도적질하듯이 집으로 가져왔다. 세탁해서 가져다준단다.

다음 날 내가 일하다 점심 먹으러 집에 가보니 아내는 땀을 뻘뻘 흘리며 큰 빨간색 다라에다 요를 담아놓고 세제를 풀어 빨래하고 있다. 재래식으로 통에 들어가 발로 밟아 빨고 있다. 분홍색 치마를 걷어 올리고 사랑의 빨래를 밟는다. 나도 거들어 빨았다. 아내가 힘들까봐. 사랑은 주기만 하는가 보다.

점박이 고양이

5층까지 어떻게 올라왔는지 고양이 한 마리가 우리 집까지 올라왔다. 창고에서 물건을 꺼내려 나가 보니 얼룩고양이 눈이 반짝이는 것을 보았다. 무서워 접은 우산으로 쿡 찌르려 하자, 후다닥 내게로 달려들어 옥상 난간을 타고 옆집으로 뛰어내렸다.

그 후 다친 곳은 없는지, 밥은 어디서 먹으며 잠은 어디서 자는지, 어떻게 5층까지 올라왔는지. 다음 날, 그 다음 날도 올라오지 않았다. 그러다 일주일이 지나 주차장에서 그 고양이를 봤다. 그런데 5층에는 올라오지 않는다. 5층에서 떠난 고양이.

딸의 생일

딸네 집에 갔다. 딸을 위해 아내가 끓인 미역국도 먹고, 오래 살라고 칼국수 집 가서 칼국수도 먹고, 저녁에는 케이크에 촛불 켜고 축하 노래도 불렀다.

딸이 태어나던 날, 내 엄마는 시골에서 산관하기 위해 올라와 아내가 진통하자 분주히 움직이셨다. 그런데 아기가 나오다 멈췄단다. 급히 근처 산부인과로 옮긴 아내를 보고 선생님이 보호자를 찾는다. 아기가 나오다 멈춰 나오지를 않는단다. 엄마가 너무 기운이 없어 힘을 못 쓴단다. 아기가 숨을 못 쉬어 죽는단다. 아기를 손으로 꺼낸단다.

내게 들려온 소식은 하늘과 땅이 마주 닫히는 소리였다. 아내냐 딸이냐 둘 중의 하나를 선택하란다. 그렇지 않으면 아내와 딸 둘 다 잃는단다. 나는 둘 다 살려달라고 울면서 애원했다. 그 말밖에는 선택의 여지가 없었다.

그렇게 얻은 귀한 내 딸 생일이다. 또 시집 가서 외손녀도 낳았다. 너무 예쁘게 낳았다. 내 딸 닮은 손녀다. 사랑한다. 생일 축하한다.

저수지

내 마음의 사랑 가뭄이 왔나, 어느 날인가 아내와 사소한 일에도 합의가 안 되고 의견 차로 다투는 일이 생겼다. 사랑의 저수지는 물이 안 고이고 말라버렸다.

사랑 물은 높은 곳에서부터 상처만 남기고 거북이 등같이 갈라지고 말라버린 마음을 드러냈다. 사랑놀이 하던 배는 무성한 잡초 속에 묻혀가고 단비를 기다리는데 비는 안 내린다. 가끔 소나기라도 내려 말라버린 마음에 물을 채워보려 하건만 지나가는 소나기마저 안 내린다.

바닥을 드러낸 사랑 저수지. 물은 언제 채우려나. 한 발 뒤로 물러서고 상대가 하는 일이 이해가 갈 때 사랑의 물은 채워지고 늪에 묻힌 배는 뜰 것이다.

예쁜 공주병

내 딸은 정혼기를 조금 지난 나이에 시집을 갔다. 그 딸이 외손녀를 낳았다. 내 딸 하는 말이 외손녀는 천재란다. 제일 예쁘단다. 아침이고 저녁이고 외손녀가 무언가 하면 동영상으로 찍어 보내온다. 그 후 내 딸은 외손녀가 움직이기만 해도 천재란다. 어쩌다 뒤집으면 저건 천재나 하는 거란다. 누구나 때가 되면 다 하는 것인데 되게 웃긴다.

내 딸, 외손녀 말하기 시작하니 자기 딸은 발음도 정확하단다. 천재란다. 좋아 죽겠단다. 외손녀가 놀이학원에 가니 말도 조리 있게 한단다. 놀이학원에서 배우고 온 것을 집에 와 하면 동영상 찍어 보내 자기 딸이 이렇게 잘한다며 천재라고 자랑한다. 약간 흔들기만 해도 춤을 너무 잘 춘다며 가수를 만들까, 체온계를 가지고 열만 재도 의사를 만들까, 자기 딸은 똥을 싸도 냄새도 안 나고 예쁘단다.

동영상을 찍어 밤이고 낮이고 친정으로 보내온다. 내 딸이 외손녀에게 빠져 큰 병이 났다. 외손녀 공주병이다. 하나님! 더 예쁘고 아름답게 외손녀 키워주세요. 공주병 너무 예뻐요. 내 딸 사랑한다. 질투난다.

천국 아버지의 틀니

아버지, 오랜만에 불러봅니다. 천국 생활은 어떠신지요? 모질고 힘든 세상에 사시다가 하늘나라 가시니 편안하시죠? 좋으시죠? 이승에 사실 때, 이가 다 빠져 틀니 해드린 것이 생각납니다. 오래 되어 잇몸에 안 맞아 자꾸 빠지고, 틀니에서 이가 빠지면 빠진 이를 집게로 고정시키고 공업용 본드로 때워 쓰시던 아버지. 당신의 틀니가 생각납니다.

제가 아버지 나이가 되고, 손주 은기는 고등학생이 되었습니다. 제가 할아버지가 되었습니다. 제 이가 하나둘 빠지고, 저도 틀니를 해 넣어야 될 것 같습니다. 내 이가 아프니까 아버지의 지난 날 틀니가 생각나 글을 쓰는 못난 자식입니다.

자식 앞에서 틀니를 공업용 본드로 때워 쓰실 때 틀니를 바꿔드렸어야 했는데 해드리지 못한 자식을 하늘나라에서라도 용서해주세요. 틀니가 안 맞아 잇몸이 헐고 곪고 염증이 생기고 입 냄새가 나고 얼마나 고생하셨을까요? 천국에서는 틀니가 없어도 되겠지요.

저도 곧 아버지 따라 천국 길 가렵니다. 세상에서 효도 못한 것 천국나라에서 효도하겠습니다. 요즘은 틀니가 아니라 임플란트라는 것을 합니다. 아버지 임플란트 해드릴게요. 저도 돈 없어 못 하고 있지만 아버지는 해드릴게요.

엄마의 리어카

엄마는 과수원 밭에서 벌레 먹고 흠집 난 과일을 사서 리어카에 싣고, 30리 길 언덕을 넘고 작은 개울 다리를 지나 시골 5일장 날 과일 파는 아줌마다. 오직 자식들 먹이기 위해 본인의 고통은 아랑곳하지 않고 무거운 리어카를 끌고 장터를 다녀오신다.

그렇게 번 돈으로 쌀을 사와 자식들 밥 해먹이며 행복해하시던 내 엄마. 정작 본인은 끼니를 굶으시고 "많이 먹었다. 나는 배부르다. 너 먹어라, 너 먹어라" 하시던 엄마. 자식들만 먹이셨던 엄마. 엄마는 배가 안 고플 줄 알았다. 지금 와서 엄마를 알 것 같은 못난 자식이다.

천국에 계신 엄마께 무릎 꿇고 두 손 모아 용서를 빕니다. 주린 배를 남 몰래 자식들 몰래 얼마나 졸라 매셨을까. 불쌍한 내 엄마. 속으로 눈물만 흘리셨던 엄마. 못난 장남 엄마 보고 싶어 울고 있어요. 눈물이 그치지를 않네요.

다섯 살 손녀의 물병

사위가 저녁을 먹자 해서 딸네 식구와 함께 고깃집에 갔다. 술도 한 잔 하며 즐거운 식사를 했다. 마실 물이 떨어져 사위가 다섯 살 손녀에게 물병을 가져오라 심부름시켰더니 미닫이문을 열고 한 발은 밖으로 내놓고, 한 발은 식사하던 방에다 놓고, 얼굴은 가족이 있는 방을 바라보며 싫다고 한다. 엄마가 가져오란다.

사위가 너는 할 수 있다며 자신감과 희망을 줬다. 손녀딸은 용기를 냈는지 아주머니에게 다가가 "물병 주세요" 하더니 물병을 가져왔다. 빈병을 놓고 물이 가득 담겨 있는 물병을 가져왔다.

손녀는 자신감을 얻은 것 같았다. 잘했다고 칭찬해줬다. 작은 성공을 맛본 손녀는 또 심부름을 하고 싶어 했다. 그래서 상추를 가져오라 했다. 상추 바구니도 얻어왔다. 작은 성공을 맛본 손녀는 신바람이 났다.

누구나 작은 성공을 맛보는 것은 중요하다. 작은 것을 맛보면 더 큰 것을 성공할 수 있다.

경제력

불평불만, 원망만 하는 사람은 경제개념이 없다. 경제가 무엇인지를 모른다. 경제는 돈을 버는 것이다. 작은 돈이라도 모아라. 작은 돈 쓰는 것을 무서워하고 두려워해라. 죽기 살기로 일하라. 답은 일하는 것이다. 돈을 버는 것이다. 그리고 종잣돈을 만들어라. 종잣돈이 어느 정도 모이면 투자하라. 공부해서 투자해라.

직장생활로 버는 돈으로는 자식 가르치며 먹고살기 빠듯하다. 종잣돈 관리를 잘 해야 성공하는 것이다.

누가 돈을 준다고 하면 그 일을 하되, 수렁에 빠지지 않게 하라. 내가 돈을 어떻게 활용해 투자할 것인지 생각하라. 공부하라. 돈 버는 데에 지름길은 없다. 노력하는 과정만 있을 뿐이다.

아내의 면허증

아내가 61년 만에 자동차 면허증 따던 날. 여주 조카네 배 농장에서 포장해주며 시간 나는 대로 운전 연습해 일주일 만에 시험 봐서 합격했다. 타고난 천재 같다. 국가에서 발행하는, 처음 받은 국가자격증. 정말로 장하다. 내 아내 훌륭하다.

머지않아 작은 차 구입해 손수 운전하고 나를 드라이브 시켜준다 하네.

감사합니다. 고맙습니다. 사랑합니다.

미래

미래는 뭘까? 일하는 것이다. 미치도록 일에 중독되어 일하면 발명도 하고 탐험도 하게 된다. 모든 일은 자기가 좋아 스스로 할 때 능률이 오른다. 꾸준히 하라. 공부도 스스로 하라. 끝까지 남는 자가 되어라. 전쟁터에서도 끝까지 살아남는 자가 이긴 자다. 승리한 자다. 지금 살아 있는 자가 성공한 자다. 할 수 있는 일들이 무한히 많다는 것이다. 미래는 내 것이다.

노란 장미

5월에 장미 한 송이 피더니 줄줄이 꽃을 피운다. 향기에 취해 발걸음 멈추고 들여다보니 자신의 몸을 짜서 뿌려주는 진액의 향기였다. 꽃은 피고 또 지며 몽우리 맺으니, 이제는 노란 장미 모두 지고 말았다. 꽃은 말라 낙엽 되어 떨어지고 옥상 거센 바람에 밀려 한곳에 쌓이고, 대가 없이 거저 뿌려주던 향기는 이제 못 맡는가 했다.

5월이 지나고 6월이 되자 장미나무에서 새순이 나기 시작했다. 몽우리 생기고 또 꽃이 핀다. 꽃 크기는 약간 작게 피지만 아름다움과 향기는 장미의 향 그대로다. 옥상 들마루에 앉아 있노라면 향에 취해 펜을 들고 글을 쓰게 된다.

장미 화분에 살짝 세 들어 핀 잡초 꽃은 월세를 못 냈나, 안 냈나 신통치 않게 피었다. 거대하고 무지막지한 인간의 손에 뽑혀 옥상 바닥에 내동댕이쳐져 피를 토하며 말라 죽고 만다. 이것이 인생인 것 같다.

선진국

모두가 선진국을 꿈꾼다. 선진국이 되려고 노력하고 애쓴다. 그러나 선진국은 좀처럼 되기가 힘들다. 선진국이란 국민이 협력해서 이루는 것이다. 경제력이 있어야 선진국이 된다.

선진국 국민을 보라. 미국은 그냥 선진국이 된 것이 아니다. 다른 나라에서 미국 국민들을 볼 때는 화려해 보이지만, 그들 가운데에는 근검절약하는 게 몸에 배어 있다. 청바지 하나를 가지고 10년 씩 입으며 절약해서 돈을 모으고 세계적인 부자로 성장했다.

세상에 거저먹는 횡재는 없다. 공짜를 바라지 말라. 선진국 사람들은 노력의 대가를 먹고 산다. 일의 대가를 먹고 사는 것이다. 선진국을 부러워 말고, 내가 태어난 나라를 선진국으로 만들어라.

우선 자신을 먼저 알고, 내 가정을 먼저 알고, 삶의 경제 전략을 잘 짜고 실천하라. 구두쇠, 짠돌이 소리를 들어야 산다. 꼭 쓸 데만 돈을 써야 한다. 그때 비로소 부자가 되고 선진국가도 된다. 대한민국을 사랑하자.

다림질하는 천사

내일은 주일이다. 아내가 다림질을 한다. 여선교회에서 봉사할 때 입을 옷이란다. 터미널에서 산 빨간색 칠부소매의 블라우스다. 네 개를 사왔다. 성미실 봉사자들이 입을 거란다. 아내는 그 옷을 정성들여 손빨래해서 다림질한다. 하늘 천국 파티에 입을 옷이란다. 전국에서 천국 천사들이 모이는 큰 파티라고 한다. 옷이 나일롱 섬유가 섞인 것 같다.

아내는 옷에 다리미를 살짝 대었다가 떼곤 한다. 아마 뜨거운 다리미에 혹시라도 들러붙을까봐 그런 행동을 하는 것 같다. 그러더니 옷을 뒤집어 안쪽을 다린다. 다림질한 자국이 날까봐 안에서 다린다. 옷 다리는 표정이 여간 정성을 들이는 게 아니다. 하나님 나라에 바치는 옷이다. 다림질을 모두 마치고 옷걸이에 걸어놓고 한참을 바라보며 어루만지고 행복해한다. 천국 잔치 나팔 불 때 입으리라.

내 옷도 다려준다고 가져오란다. 바지와 와이셔츠를 다림질한다. 정말 아름다워요. 고마워요. 다림질하는 모습이 천사다. 귀한 몸이다. 아내가 힘들까봐 내가 다리고 싶다. 그러나 잘 할 용기가 없어 끝내 말을 못했다.

아내가 없다면 누가 나한테 관심을 가져줄까. 생각만 해도 아내라는 이름이 사랑스럽다.

존경합니다. 당신은 위대한 아내요, 어머니요, 천사입니다.

옥상 농장

오전 내 비가 내리고 갠 오후, 햇살이 비추고 저녁노을 질 때 옥상정원 쌈 채소밭에 손바닥만 한 이름 모를 새 한 마리 날아와 옥상 난간에 앉아 목청 크게 높여 노래한다.

빨간 장미 몽우리 진 화분에 내려앉아 머리를 좌우로 흔들다가 주둥이를 땅속에다 쿡쿡 찔러댄다. 무언가 흙속에서 꺼내 입에 물고 날아 난간에 앉더니 머리를 높이 들어 하늘을 보고 감사합니다, 하고 애를 쓰며 먹는다. 달팽이를 먹은 것 같다. 잘 먹었는지 노란색 장미 화분에 날아와 앉아 주둥이를 화분에다 왼쪽 오른쪽 좌우로 문질러댄다. 식사 후 입을 닦는 것 같다.

조금 있으니 참새 한 마리 날아와 짹짹대며 장미 화분에 앉아 무언가 찾아 먹는다. 내가 화분에다 뿌려놓은 잡곡을 먹는 것 같다. 그런데 큰 새가 꺼내놓았는지 굼벵이 한 마리가 옥상 바닥에 나와 있다. 큰 새가 먹으려다 커서 못 먹었는지 죽은 듯이 웅크리고 있다. 새가 너무 큰 것에 욕심을 부린 것 같다.

쑥갓 모종 심어놓은 것, 상추와 쌈 먹기 전에 꽃이 피었다. 예쁜 쿠키만 한 분홍색 꽃들이 너무 아름답게 피었다. 꽃보다 아름다운 아내가 말한다. “여보, 노란 나비 날아와 쑥갓 꽃에 앉았네요.” 날개를 폈다 접었다 하며 무언가를 하고 있다. 흰 나비는 보았어도 노란 나비는 오랜만이다.

어떤 꽃은 이미 피었다 지고, 어떤 꽃은 지금에야 피고, 어떤 꽃은 지금에야 꽃 몽우리 맺으니, 피고 지는 것도 모두 다르다. 노란 장미 아름답게 피어 자태를 뽐내며 그윽한 향기를 주더니 짧은 생을 다하고 지고 말았다. 분홍색 장미는 지금 피고 진다. 빨간 찔레꽃은 넝쿨을 뻗어가며 아름다운 자태를 마음껏 뽐내며 피고 진다. 빨간 찔레꽃이 정말 아름답다.

키 작은 장미는 키는 작지만 꽃은 큰 꽃을 피운다. 아직도 한 송이 꽃도 피우지 못하고 몽우리만 키우고 있다. 한 송이 장미꽃을 피우기 위해 오래 참고 인내하며 기다려야 한다.

꽃이 지면 가을이 오고, 낙엽 지고 모든 성장은 멈춘다. 겨울이 오고 세상 환경과 싸워 이기는 가지만이 내년 봄에 또 꽃을 피우게 될 것이다. 혹한의 옥상 바람과 추위, 얼어붙은 진눈깨비로부터 살아남은 가지는 꽃을 피울 것이다.

호박 덩굴 더듬이로 벽 타기 시작했다. 작은 호박 열매도 맺었다. 무슨 일인가, 누렇게 색깔이 변하더니 떨어지고 만다. 안타깝다. 마음이 저려온다. 어디가 아픈가, 내가 거름 준 밥이 잘못됐나. 사람도 태어나서 세상의 아름다움을 경험하지 못하고 어린 호박같이 떠나는 사람이 있다.

완두콩 열매 달리니 껍데기만 달린 듯 하더니 날이 갈수록 통통해지며 콩이 여물어간다. 깻잎 달리니 누군가 구멍 내고 고추 밭에는 고추 꽃 피고 고추 한두 개 열매 맺어간다. 장미 화분에 세 들어 살짝 피어난 민들레는 솜사탕같이 아름다운 꽃씨를 피웠다가 바람 따라 날려 보낸다. 더덕 잎 푸르게 담장 타고 올라가고 누군가 잎을 건드리면 더덕 향 풍겨준다.

인생도 태어나는 사람이 있고 떠나는 사람이 있다. 이것도 자연의 이치다. 슬퍼하거나 외로워하지 말라. 태어나는 것은 떠나기 위한 것이다. 이별을 위해 태어나는 것이다.

가족

아내와 결혼하고 자녀를 낳아 가족이라는 이름의 길을 갑니다. 처음부터 가난이라는 짐을 지고 시작한 결혼생활, 힘들고 먼 고난의 길이었습니다. 외롭고 무거운 길을 혼자 가야 했습니다. 때론 가던 길을 멈추고 뒤돌아보니 혼자 서 있었습니다. 억울하다는 생각을 했습니다. 망부석 같았습니다.

아내가 옆에 있어도 아내를 보지 못했습니다. 지금까지 살아오며 아내만 탓하며 살았습니다. 아내가 설거지하다 소리만 크게 내도 화를 냈습니다. 아내는 나보고 설거지 해보라고 합니다. 나는 혼자만 힘들다고 생각하고 살았기에 아내에게 화를 자주 냈습니다. 이제는 아내에게 잘해줘야겠다는 새로운 짐을 지고 삽니다. 잘해주지 못해 불쌍해하면서도 반대로 화를 냅니다.

나는 무거운 짐 진 자입니다. 아내의 멍에, 자식의 멍에, 손주의 멍에, 빚진 멍에를 지고 살아갑니다. 무거운 짐을 홀로 짊어지고 해결해야 하는 높고 높은 가족의 산을 올라가고 있습니다. 험한 산, 바위 산, 길이 보이지 않는 낭떠러지에 설 때도 있습니다. 힘든 길 끝에 서서 때로는 죽을까 하는 생각도 해봅니다. 그러나 내가 지금 여기에 서 있는 것은 가족이 있기에, 가장으로서 서 있는 것입니다. 갈 곳 없는 막다른 길에서 찾은 길, 가족을 지키는 길, 무거운 짐이 된다 하더라도 그 짐은 내 짐입니다. 가족이 함께 지어야 할 짐입니다.

이제는 아내와 함께 가는 길이 꽃길이 되었으면 좋겠습니다. 행복이 넘치는 축복의 꽃길이 되었으면 합니다. 꽃길을 못 간다 해도 내가 걸어온 길은 나의 경험으로 내 것이 되었으니 삶의 이정표가 될 것입니다. 향기 나는 꽃길을 찾아 가족의 멍에를 지고 묵묵히 가렵니다.

벌

벌은 조직이 잘 되어 있다. 여왕벌과 경비벌, 그리고 일벌들. 경비벌은 침입자가 있을 때에는 무조건 독침으로 쏘아 상대방을 공격한다. 한 번 공격하면 침이 상대에 박히고, 침을 쏜 벌은 침과 함께 창자, 내장이 따라 빠져 생명을 잃게 된다.

벌은 침입자가 있을 때 마음에서부터 목숨을 걸고 행한다. 그러나 마음에서부터 포기한 벌은 어떠한 좋은 조건을 줘도 행하지 않는다. 더 좋은 조건을 주겠다고 해도 소용이 없다. 마음에서 포기했기에 정복할 수 없는 것이다.

포기한 벌은 무엇을 했으며 무엇을 얻었는가. 아무것도 하지 않고 아무것도 얻은 게 없다. 무슨 씨앗을 심고 무슨 열매를 얻었는가. 마음에서 포기한 벌은 침은 있으나 쓸 수가 없다. 포기한 사람은 심은 것도 없고 얻을 것도 없다. 인생은 포기하지만 않으면 할 수 있다.

씨앗을 심느냐 안 심느냐,
일을 하느냐 안 하느냐,
돈을 버느냐 안 버느냐.

벌이 한 번 쏘고 죽듯이 행함이 중요하다.
한다면 하십시오.

공평한 시간

시간은 모든 사람들에게 공평하게 주어졌다. 그런데 그 시간을 경마장이나 경륜장, 경정장이나 찾아다니며 성과 없는 곳에 활용하다가 세월을 보내는 사람이 있다. 하지 않아도 될 일에 시간을 쓰는 사람이다.

무엇이든 성과 내는 일에 시간을 써야 한다. 쓸모 있는 사람이 있고, 있으나마나 한 사람이 있고, 있어서는 안 될 사람이 있다. 꼭 필요한 사람이 되어야 한다. 손님에게 음식을 팔기보다는 손님이 음식을 먹고 맛있어 하는 기쁨을 팔아야 한다. 음식에 만족함을 팔아라. 황홀함을 팔아라.

사업의 미래는 예측할 수 없다. 끝없이 개발하고 창조해나가는 기본이 살아 있어야 한다. 성공의 답은 현재 속에 있다. 현재에 만족하면 그 순간 과거가 되고 만다. 내 자신을 키워야 한다. 내가 넘어짐으로 스스로 일어나는 법을 배워야 한다.

극락

세상에 살 때 시주 많이 하고 좋은 일 많이 하면 다시 태어날 때 극락에서 부잣집에 태어나게 된단다. 반대로 세상에 살 때 시주 안 하고 좋은 일 안 하면 죽었다 다시 태어날 때 소, 돼지, 개, 동물로 태어나게 된단다. 곤충으로도 태어난다고 한다. 극락이 어디에 있는 것인가.

좋은 일 많이 하세요. 그래야 양반집, 부잣집에 태어나지요. 금수저 물고 태어나지요.

천국

천국은 세상 물질에 있나? 성직자라고 하는 분들이 너무나 돈을 좋아한다. 세상의 돈을 모아 천국 갈 때 하나님께 쓰려나 보다. 무당, 점술사마냥 목사님이 기도해주고 돈을 받는다. 천국이 있다면 무서워서 돈을 안 받을 텐데. 목사님들도 설교는 천국 설교를 하지만 천국을 확신하지 못하는 것 같다. 하나님, 목소리를 듣게 해주세요.

시골 교회에서

여주에 있는 조카네 배 농장에 갔다. 시골 작은 교회 새벽예배 가는 길, 가로등도 없이 캄캄한 새벽길에 십자가에만 불이 켜져 있다. 교회 가는 길이 좁아 못 보고 그냥 지나쳤다. 차를 돌려 다시 교회로 갔다.

30평 정도의 작은 교회에는 스펀지 방석이 깔려 있었다. 등받이가 있는 방석도 있다. 연로하신 노인들 기대시라 마련했나 보다. 목사님과 목사님의 남편 되시는 장로님과 가족 성도들까지 합쳐 열한 명이 예배를 드렸다. 목사님은 하나님만이 생명이요, 진리라 했다.

하나님의 종들이 세상 물질에 휩쓸려가고 있다. 하나님 노하시어 천둥번개를 치지만 그것이 무슨 소리인지 주의 종들이 못 듣고 있다. 눈이 있어도 하나님을 보지 못한다.

목사님의 제자가 호주에서 목회를 한다고 해서 초청받아 갔다고 했다. 제자가 설교를 할 때 여자와 여자가, 남자와 남자가 결혼할 수 있다는 이야기를 해서 희망을 잃었다고 했다.

지금은 종교의 혼합과 통합이라는 이름으로 천주교, 불교, 기독교, 무당, 주술사까지 통합한다고 한다. 세상 혼동 속에 비가 내려 함께 떠내려가고 있다. 노아의 홍수 때처럼. 신천지라는 교회에서는 시골 작은 교회까지 와서 성도들을 빼간다고 한다. 기독교는 종교가 아니다. 창조주를 믿는 것이다. 진리요, 생명이요, 부활이신 예수님을 믿는 것이다.

용서

아내가 나와 싸우고 집을 나간 지 2주째 되는 날이다. 집을 나가면 누구나 개고생이라는데, 어떻게 된 일인지 모르겠다.

보고 싶어요. 빨리 오세요. 나는 당신만 사랑하는데 당신은 왜 몰라주나요? 사랑한다는 말 한마디 진정으로 못 하고 살았어요. 사랑한다 말해도 믿어주지 않을 것 같은 당신. 오늘도 당신을 위해 기도하지만 당신은 나의 기도 소리조차 귀를 막고 안 듣는 것 같아요. 지금도 기도하고 있습니다. 사랑합니다. 건강하세요. 나의 마음은 자갈밭이요, 엉겅퀴 가시밭길입니다. 청춘이 뭔지, 인생이 뭔지. 모든 것들이 세월 속에 흘러갑니다. 어떻게 사는 것이 정도요, 정답인지요? 지금 나도 모릅니다. 알고 짓는 죄와 모르고 짓는 죄, 모두 죄 속에서 살지만 자신만은 누구나 깨끗하고 정직한 삶을 산다고 하지요. 진정한 삶은 끝없이 용서하고 사는 것 같아요. 서로 이해하며 사는 것 같습니다. 사랑합니다.

우렁 각시

우렁은 몸속에 알을 낳고 몸속에서 부화시켜 새끼를 키운다. 엄마는 새끼를 키우는 게 아니고 엄마의 몸을 새끼들이 뜯어먹고 성장할 수 있게 몸을 내어준다. 새끼들은 엄마의 몸을 뜯어먹고 다 뜯어먹어, 더 이상 뜯어먹을 것 없이 텅 빈 껍데기만 남으면 엄마 몸속에서 성장해 나온다. 새끼들은 각자 갈 길을 가지만 엄마 우렁은 모든 것을 새끼들에게 주고 논바닥 위에 물 흘러갈 때 물과 같이 떠내려간다. 자식들 남겨놓은 마을에서 아랫마을 논으로 껍데기 엄마 배는 떠내려간다.

자식 우렁은 엄마의 희생을 모르고 "자식 싫어 새끼 버리고 아랫마을로 우리 엄마 시집가네" 노래한다. 엄마 우렁은 자식들이 성장하라고 오장육부 온몸을 내어주고 죽어서 빈 몸으로 물길 따라 흐르는 대로 떠내려가는데 자식 우렁은 "자식 싫어 버리고 아랫마을로 시집간다네" 슬픈 노래 부른다.

인간도 부모는 끝없이 자식에게 주지만 자식들은 무엇을 줬냐면서 더 이상 줄게 없는 부모를 힘들게 한다. 나도 우렁 엄마처럼 빈껍데기 되어 나의 고향 하늘로 가리라.

공의 원리

공을 잡고 벽에다 잘 던지면 내게로 다시 올 것이다. 잘못 던지면 벽에 맞고 옆으로 가 다른 사람이 주워간다. 남 좋은 일만 시킨다. 야구선수가 스트라이크 안에 빠른 속도로 공을 잘 던져 타자를 잡으면 인기가 올라간다. 자신의 브랜드 가치가 상승한다. 축구선수가 골을 잘 넣으면 최고의 선수가 된다. 똥볼만 차고 골을 못 넣으면 그 선수의 이름은 세상에서 사라진다.

세상에 횡재나 공짜는 없다. 어떤 일을 하든지 내가 던지고 행한 만큼만 대가를 받는다. 내 인생이 잘못됐다고 남을 탓하지 말라. 그것은 내가 던진 공에 대한 세상의 답이다. 지금 시작이다. 새로운 공을 잘 던져 나를 알리고 성공하라.

고구마

아내가 외출했을 때 고구마 쪄놓고 칭찬받으려 했는데 고구마 찐다는 것을 작은 냄비에다 물 넣고 고구마 텀벙 집어넣고 삶았다. 고구마는 쪄지지 않고 삶아졌다. 아무리 삶아도 아내가 쪄주던 맛있는 고구마 안 되고 고구마 국이 되었다.

아내 몰래 고구마 버리고, 아내가 집에 들어오자 고구마 찌는 방법을 물어보았다. 냄비에다 겅그레 놓고 김으로 찐다 했다. 나도 지금은 고구마를 잘 찐다. 고구마 먹고 건강하게 오래오래 아내와 살 것이다.

멍석말이

충청도 작은 고을에서 한 가정이 행복하게 살았다. 고을에는 옛날부터 양반집이라는 집이 있었다. 그 댁 며느리는 예쁘기로 소문난 미인이었다. 그런 동네에 농악 풍물을 좋아하는 젊은이가 있었으니, 젊은이는 마을에 행사만 있으면 풍악을 울리며 흥을 돋우는 잔치에 꼭 필요한 사람이었다. 그는 놀기 좋아하고 남자치고는 예쁘게 잘생겼다.

어떻게 유혹했는지 젊은이는 양반집 며느리와 만났다. 양반집에서 알게 되었고, 마을은 발칵 뒤집어지고 말았다. 젊은이를 마을회관에 불러놓고 회의를 했다. 회의에서 사람들은 젊은이를 마을에서 쫓아내기로 했다. 그냥 쫓아내는 게 아니고 멍석말이라는 벌을 주어 내쫓기로 했다.

양반집 며느리와 놀다가 멍석말이 당하고 쫓겨나는 젊은이는 마누라 이불보따리 이고 가고, 작은아들은 젊은이가 소쿠리 달린 지게에다 얹어 지고, 큰아들은 충청도에서 경기도 이천까지 걸어 웅덩이같이 산속에 묻혀 있는 작은 마을로 숨어들었다.

젊은이는 그곳에 와서 모든 것을 잊고 농사짓고 국수집도 하며 돈을 벌었다. 돈을 벌면 땅을 사고 또 돈을 벌면 모이는 대로 땅을 샀다. 돈 버는 재주가 있었고 농악 놀이의 재주는 숨길 수 없으니, 그곳에 와서도 농악놀이 할 때는 꼭 불려가 재주를 뽐냈다.

젊은이는 아내와 악착같이 노력했다. 그의 아내의 덕으로 땅을 많이 샀다. 그 후 아들 여덟 명을 낳고 딸 둘을 더 낳으니, 모두 열두 명이 됐다. 그러나 안타깝게도 키우는 도중에 아들 다섯을 잃고 딸 하나도 잃었다. 남은 자식은 아들 다섯에 딸 하나. 육남매를 키웠다. 다섯 형제에게는 땅 일곱 마지기씩 논과 밭을 남겨줬다. 딸은 좋은 남자 만나 결혼 후 아들딸 낳고 잘 산다 했다.

젊은이는 세월이 흘러 80세가 넘게 장수하며 막내아들 집에서 행복하게 살다가 천생연분 아내가 먼저 죽자 3분 후 아내 따라 하늘로 갔다. 한량으로 살아오신 분, 평생 80이 넘도록 내외가 해로하시며 잘 사시다가 함께 돌아가셨다.

하늘의 축복이다. 나도 저런 삶을 살면 좋으련만 인생은 마음대로 되는 게 아닌가 보다. 죽어서는 여자가 앞서 가고 남자가 여자 뒤를 따라간다고 한다. 어디로 가는 길인지 모르나 그 길은 먼 길 같다.

설날

오늘은 설날이다. 생각만 해도 즐거운 날이다. 손꼽아 기다리고 기다리던 날이다. 우리는 제사를 지내지 않고 추도예배를 드린다. 나와 아내, 아들, 며느리, 손주 세 명. 일곱 명이 차례 상을 차려 놓고 둘러앉아 예배를 드린다.

아내가 찬양을 골라 선창하면 손주들까지 곧잘 따라 부른다. 손주들은 찬양을 잘 하는데 아들, 며느리는 잘 못한다. 아내가 말씀을 읽고 찬양을 한 곡 더 하고, 내가 하나님께 영광 돌리는 기도를 한다. 성경말씀은 아내부터 돌아가며 다섯 절씩 읽는다. 성경말씀 읽는 모습과 그 말씀에 너무나 행복하다.

예배가 끝나고 떡국을 먹고 아들, 며느리, 손주들 아래층으로 내려가고 오후에는 딸 내외가 외손녀와 함께 온다. 한복을 입고 외가댁에 온 손녀딸은 한 폭의 그림 같다. 다섯 살 외손녀 재롱떨며 뽀뽀도 한다. 사촌동생 왔다며 쫄래쫄래 올라온 친손주들이 손녀딸 예쁘다며 서로 데리고 논다.

아들, 며느리가 세배하겠다며 올라왔다. 아들, 며느리, 손주들 세배하고 며느리가 우리 내외에게 용돈을 준다. 아내도 며느리와 손주들에게 나이에 맞춰 세뱃돈을 준다. 고등학교 가는 손주, 중학교 가는 손주, 초등학생 손주. 손주들만 봐도 행복하다. 사위와 딸, 외손녀도 세배하며 용돈을 넌지시 꺼낸다. 아내도 딸에게 세뱃돈을 준다. 그 모습은 천국의 그림이다.

열 명의 우리 가족은 편을 짜서 윷놀이를 한다. 지는 팀이 피자를 사기로 한다. 두 번 윷놀이를 했는데 두 번 다 아내와 내가 졌다. 아내가 피자를 시키고 가족이 함께 먹으니 이것이 행복이다.

회개와 용서

하늘에서 비가 후드득 떨어지다 소나기가 되어 물 붓듯이 쏟아진다. 산 위의 나무는 잎으로 물을 받았다가 땅으로 떨군다. 그 물을 받은 산은 실개울로 보낸다. 물은 서로서로 모여 협력해 흘러간다. 낮은 곳에서는 가득 넘치게 채워진다.

채워진 물은 낮은 곳으로 또 내려보낸다. 물은 좀 더 큰 개울을 만들고 낮은 곳으로 흘려보낸다. 그 물은 또 낮은 곳을 채우고 더 낮은 곳으로 흘러가 냇가를 만들고 냇가는 또 낮은 곳으로 보내어 강을 만든다. 강을 만든 물은 그곳에 머물러 있지 않고 낮은 곳으로 흘러 바다를 만든다. 자연의 물은 자신이 머물 곳을 알고 있다. 채워지면 갈 길을 터 자꾸 낮은 자들에게 제 물을 나누어준다.

사람들은 낮은 자, 약한 자에게 강하다. 물길을 터주지 않는다. 물과 같이 자동으로 돈의 물길을 터 어느 정도 물이 쌓이면 낮은 자들에게 흘려주는 자연의 삶이 되었으면 한다. 물질에 욕심이 생기면 죄를 짓는다. 알고도 짓고 모르고도 짓는다.

나는 택시기사다. 건너편에 손님이 손들어 돌리란다. 다른 차가 태울까봐 중앙선을 넘어 유턴해서 손님을 태우고 간다. 불법 유턴이다. 알고 짓는 죄다. 손님 모시고 가는 길에 길을 몰라 다른 길로 가는 때도 있다. 몰라서 짓는 죄다. 세상 살면서 알고 지은 죄, 모르고 지은 죄가 많다.

나는 주일날이면 교회 가서 일주일 동안 지은 죄를 하나님께 회개

한다. 손님에게 사기당한 돈, 지인에게 사기당한 돈, 모두 내가 용서할 수 있게 해달라고 기도한다. 그런데 교회 안에서는 용서도 되고 기도도 잘 되는 것 같지만 예배가 끝나고 교회 문을 나설 때면 돈 떼인 것이 생각나고 분하다. 그놈을 잡아 두들겨 패든지 뒤통수를 치고 싶다는 생각이 든다. 교도소에 잡아넣을까, 이렇게 못된 생각을 하는 것이 인간인 것 같다.

인간은 나부터 생각하고 내 위주로 행동하고 말한다. 내가 변해야 하는데 나는 변하기 싫다. 그러나 내가 변해야 남도 변한다.

나의 아버지

나는 언제부터인가 아버지를 싫어했다. 가난한 집에 태어난 것이 아버지에 대한 미움으로 바뀐 것 같다. 아버지는 나를 낳아주셨다. 좋든 싫든 나는 그의 아들이다. 그런데 왜 아버지를 싫어했을까.

아버지는 술과 담배로 하루 종일 하는 일 없이 시간을 보내셨다. 그렇게 동네 어른들과 모여 세상 이야기, 정치 이야기를 하다가 소리 지르며 싸우고는 집으로 돌아오셨다. 집에 온 아버지는 "김 씨가 나한테 그럴 수가 있냐"며 분을 못 참으시곤 했다.

그런데 아버지의 이야기를 듣다 보면 아무것도 아니고 내용도 없다. 급한 일도 아니다. 나의 아버지와 김 씨가 서로 주장하고 싸운다 해도 변할 일이 아니다. 한마디로 할 일들이 없으니 쓸데없는 일로 말다툼하고 싸우는 것이다. 다음 날도 또 다음 날도 똑같은 생활을 하며 사시는 분들이다. 집과 자식은 있어도 대우도 받지 못하고 술 속에, 담배 연기 속에 생명 같은 시간을 세상의 헛소리에 담아 허공에 날려 보내며 사시는 분들이다.

가끔 아내가 용돈을 드리면 성남 모란시장에서 돼지불알 몇 개 사다가 김 씨네 집에서 구워놓고 또 술판을 벌이시던 나의 아버지. 그래도 그분은 나의 아버지요, 나를 낳아주신 귀한 분이다. 아버지가 없었다면 지금의 나도 없었을 것이다.

그런 아버지가 김 씨네 집에서 노시다가 쓰려지셨다고 김 씨한테서 연락이 왔다. 김 씨 집에서 약주를 드시고 노시다가 화장실에서 피똥을 싸고 쓰러지셨다고 했다. 나는 일을 하다 말고 김 씨네 집으로 달려갔다. 아버지는 정신을 잃고 위급한 상태였다. 나는 세브란스 응급실로 급히 모셨다. 응급실에 입원하신 아버지는 술과 담배로 위가 뚫린 것이라고 했다. 위궤양이란다. 토요일이라 의사 선생님들이 퇴근하고 없었다. 응급실 선생님들이 얼음물을 큰 들통에다 담아놓고, 코를 통해 위에다가 얼음물을 담았다가 꺼내는 일을 월요일까지 반복해서 했다. 월요일이 되어서야 외과 선생님이 오셔서 응급으로 수술을 하셨다. 수술 후 의사 선생님께서 입원실에 오셔서 "이제는 약주 잡수지 마세요"라고 한다. 아버지는 술 안 마시면 무슨 재미로 사느냐고 하신다. 세상에 살며 자신을 책임질 생각은 안 하고 재미로, 즐거움으로 사시는 나의 아버지였다.

그 후 퇴원해서 나도 아버지께 술과 담배를 끊으시라고 잔소리를 했다. 아내는 성품이 착해 그런 말을 못했다. 퇴원 후에도 반복되는 세월은 흘러가고 그래도 70세가 넘도록 사셨다. 칠순잔치는 못 해드렸지만 가족끼리 모여 식사도 하고 좋은 하루를 보냈다. 이제는 아버지께 더 이상 바랄 것은 없었다. 그냥 그대로 오래 살아주셨으면 좋겠다는 마음을 가졌다.

그런데 아버지가 어느 날 나를 불렀다. 치질이 생겼는데 피가 나온다고 하셨다. 그래서 사당동에 있는 대형병원에 모시고 갔다. 병원에서 검사 결과가 나왔다. 검사 결과는 치질이 아니란다. 아버지는 검사실에 엎드려 계셨다. 선생님은 아버지의 상태를 보여주며 치질이 아니라 암 같으니 큰 병원으로 옮겨 진단을 받아보라고 했다. 아버지는 강남 세브란스병원으로 소개받아 옮겨갔다. 세브란스병원에서 다시 검사하고 확인한 결과 직장암이었다. 아버지를 속일 수도 없어서 그대로 말씀을 드렸다. 나는 수술해서 고쳐보자고 했다. 아내도 아버지께 수술하면 나을 테니 수술하자고 말씀드렸으나 아버지는 수술은 안 하신단다. 나와 아내와 동생들까지 설득해도 싫단다. 이미 직장암이 전이가 되어 수술을 해도 완쾌는 안 되고 변을 받아내는 주머니를 차고 다니셔야 된다는 의사의 설명도 있었다.

그 후로 아버지는 어른 기저귀를 차고 생활하셨다. 기저귀를 채우고 목욕 시켜드리는 것도 아내가 했다. 아버지 방에만 들어가면 똥냄새에 헛구역질이 났다. 사랑하는 아내는 아버지를 씻기고 기저귀 갈아드리는 일을 2년 동안 잘 해줬다. 아내도 정신과 약을 먹어가며 아버지 병수발을 든 것이다. 착한 아내, 예쁜 아내다. 고맙고 감사하다.

어느 날 아버지는 나에게 가족 간에 화목하고 의리 있게 잘 지내라는 말씀을 하셨다. 그러면서 이런 말씀도 하셨다. "애비야, 조금만 더 고생해라. 내가 배내똥만 싸면 너희들이 편해질 것이다."

그러던 어느 날 택시 일을 끝내고 새벽 2시 경에 집에 돌아와 아버지 방문을 열어보니 아버지는 이상한 형태로 눈을 뜨고 계셨다. '아버지' 하고 불러봤으나 아버지는 대답이 없으셨다. 아버지는 돌아가셨다. 아버지는 싸늘한 시신으로 변해 있었다. 이렇게 해서 아버지의 삶이 끝나는 날 나는 아버지가 무서워 아버지의 뜬눈을 감겨드리지 못했다. 아버지는 한 많은 세상을 모두 다 내려놓으셨다.

"아버지, 이제는 모든 걱정 다 내려놓고 편안히 가세요. 하늘나라 가시면 엄마가 기다리고 계십니다. 하늘나라에서는 엄마에게 사랑도 많이 해주세요."

아버지는 살아생전 내게 '가화만사성'이라는 글도 써주셨는데 그것마저 잃어버렸다. 불효자는 그저 통곡하며 울 뿐이다. 때로는 아버지의 손을 잡아드리려 했으나 그것을 못했다. 그저 속으로만 오래 사시기를 빌 뿐이었다. 나는 아버지의 눈에서 아들을 쳐다보며 흐르는 눈물을 보았다. 나는 마음속에 아버지에 대한 쓸데없는 혼자만의 미움이 있었나 보다.

"아버지 죄송합니다. 아버지를 미워하면서도 사랑했습니다. 후회합니다. 지금 후회한들 무슨 소용이 있나요. 용서만 빌 뿐입니다. 아버지, 크게 한 번 불러보고 싶어요. 이제는 당신의 아들 장식이도 65세의 고령입니다. 무료 지하철 카드도 받았습니다. 정말 죄송합니다. 아버지."

돈, 돈, 돈

지식의 시대는 이미 지나갔다. 아무리 지식이 많고 배웠다 해도 돈이 없으면 대우도 못 받고 업신여김을 당하는 세상이다. 옛날에는 돈보다 지식이 우선이었다. 선생님의 그림자는 밟지도 않는다는 말도 있었다. 그러나 지금은 훌륭하신 선생님이나 지식을 갖춘 선비의 시대는 갔다. 선비들의 물질 욕심과 탐욕으로 세상에서는 믿을 수 없게 되고 말았다.

지금은 돈의 시대라고 말한다. 그러므로 스스로를 자주 들여다봐야 한다. 내 주머니 속을 확인하며 지출하지 않아도 될 곳에 돈을 쓰지는 않았는지, 돈을 모으는 즐거움을 가지고 사는지, 통장에 돈 늘어나는 기쁨이 있는지, 아니면 돈 쓰는 즐거움을 가지고 사는지 돌아봐야 한다.

마음속에 어떤 미움이나 불평이 있어 쇼핑을 하며 돈을 낭비하지는 않는지 스스로를 점검해봐야 한다. 스스로 게으르지 않은지 살펴보고 게으르다면 게으름을 닦아내라. 그리고 자신을 그리워하고 사랑하라. 내가 나를 사랑하지 않아 병이 나고 아프면 내 몸에게 얼마나 미안할까?

세상에 살면서 여러 가지 연결되어 거미줄같이 어지러운 인연들은 정리하라. 책상 속 어수선하고 지저분한 것 정리하듯이 정리하고 과감히 버려라. 화장실을 손수 청소하신다는 어느 건물 사장님같이 마음을 비우고 버리고 나누고 정리하라. 그러면 평안한 봄은 빨리 올 것이다. 봄은 높은 곳에서 오는 게 아니고 가장 낮은 곳에서부터 온다고 했다. 나를 알고 낮출 때 평안의 봄은 올 것이다.

버릴 것을 깨끗이 버릴 때 돈이 내게 온다. 요즘 젊은 사람들은 돈이 하나님과 같이 전지전능하신 분이라고 말한다. 돈이 있다는 것은 전지전능하신 분이 나와 함께 계시는 것이라고 좋아한다. 그분이 언제 내게 오신다더라 하며 기뻐한다. 돈, 돈, 돈. 전지전능하신 돈이여 내게 오소서 기도를 한다. 돈 때문에 살인도 하고 나쁜 짓을 서슴지 않게 하기도 한다. 그랜저 검사, 벤츠 검사, 9억 먹은 판사. 수도 없는 사람들이 돈을 사랑한다.

마늘 밭에 묻어놓은 돈, 보관 창고에다 맡겨놓고 찾아가지 않는 돈, 수도 없이 많은 돈이 임자 없이 돌아다니고 있다. 누구의 돈인지도 모르는 돈이다. 이름 없는 돈을 200억이나 관리해달라고 의뢰가 들어왔다는 얘기도 들었다. 이름 없는 돈은 무슨 돈일까? 하늘에서 쏟아진 돈일까? 아무튼 나는 모르겠다.

어느 날 택시 영업을 하다가 신호등에 서 있었다. 누가 앞문을 열고 탔다. 첫마디가 "빨리 가세요"라는 것이었다. 신호등은 아직 빨간불인데 빨리 그냥 가란다. 출발을 하자 어깨에 메고 있던 가방을 자신의 무릎 위에다 올려놓으며 "빼앗길 뻔했네" 한다. 가방 지퍼를 열자 가방 안에는 현금 오만 원 권과 수표가 한가득 들어 있었다. 그리고 손님은 주머니마다 돈이 가득했다. 손님은 주머니 속의 돈들을 꺼내어 가방에다 담는다. 나한테는 "빨리 가세요" 하며 재촉한다. 나도 모르게 눈이 돈가방 속으로 자꾸 가는 것을 막을 수가 없었다. 나도 돈이 좋은 모양이다. 돈을 마음속으로 사랑하고 그토록 그리워하고 산다. 돈이 뭐기에 부모형제 간에도 돈 때문에 의리가 상하고 멀어지는 세상이 되고 말았다. 전지전능하신 분, 돈님 언제 내게 오실는지. 진짜 전지전능하신 하나님은 알고 계실 것이다.

돈은 총알이라고 한다. 친구들 간에도 오늘은 내가 점심식사를 쏜다고 한다. 점심 식대를 쏜 친구는 어깨에 힘을 준다. 목에 힘이 들어간다. 그 맛에 총알을 쏘는 것이다. 돈은 총알이다. 쏘고 나면 없어진다. 후회한다. 총알은 누군가에게 계속 공급받을 수 있도록 해야 된다. 공급받는 자가 자신이 되어라. 돈이 끊어지면 죽는 것이다. 총알이 떨어지면 죽는 것이다. 수돗물이 끊기면 죽는 것이다. 내가 필요로 하는 것을 얻기 위해 남보다 더 노력하라.

회장이 되려면 새벽 4시에 일어나라고 한다. 사장이 되려면 새벽 5시에 일어나라고 한다. 임원이 되려면 아침 7시에 일어나면 된다고 한다. 종업원으로 인생을 끝내려면 8시에 일어나 출근하면 된단다. 전능하신 돈도 내가 하는 만큼 따라온다.

돈은 자신을 사랑해주는 사람에게 간다. 돈도 눈이 있다. 생명도 있다. 호흡도 한다. 돈은 살아 있는 생명체다. 강아지도 자기를 사랑해주는 사람을 따른다. 돈도 자신을 사랑해주는 사람을 따르게 된다. 돈이 내 품에 들어오면 너무나 감사하고 고맙다. 구겨진 돈님을 다림질해서 머리는 머리대로 잘 모신다. 상처 입은 돈은 치료해서 붕대를 감아드린다. 큰돈은 큰돈대로 작은 돈은 작은 돈대로 감사하다. 돈님을 모셔드리면 돈은 눈이 있으니 자신을 사랑해주는 사람 창고에 찾아와 가득 넘치게 쌓일 것이고 채워줄 것이다.

돈을 사랑하고 귀하게 여겨라. 돈을 품어주고 안아줘라. 돈을 천대하거나 학대하지 말라. 괄시하지 말라. 그리하면 돈은 내게 다시 올 것이다. 틀림없이 나를 다시 찾아올 것이다. 돈은 호흡하며 말하고 눈으로 세상을 보고 있다.

CEO

많은 사람들이 창업에 대한 꿈을 가지고 살아간다. 그 꿈을 꾼다는 것만으로도 훌륭하다. 꿈을 꾸었기에 성공할 것이다. 뛰어난 리더만이 무엇이든 할 수 있다. 사업에 성공할 수 있다. 누구나 창업은 쉽게 할 수 있다. 그러나 회사를 설립하는 것보다 더 어려운 것은 회사를 적자 없이 어떻게 이끄느냐 하는 것이다.

이익을 남기고 생존을 위해 끝없이 노력하고 변해가는 것이 기업이다. 기업은 이익 공동체라고 했다. 인적 공동체라고도 한다. 사람 공동체다. 같이 돈을 벌어 같이 나누어간다.

한국 사람은 자극적인 국민이다. 빨리빨리 일하고 책임감이 강하다. 또한 근면성실하다. 그러나 조직 문화 질서가 약하다는 것이 단점이다. 기업체에서 사람을 뽑을 때 꼭 하는 말이 있다. 사장님이 채용하는 종업원에게 잘 해줄 테니 함께 일해보자고 한다. 신입사원들은 사장님의 잘해주겠다는 말만 마음속에다 심어놓는다. 리더가 잘해주겠다는 말은 반대로 고생도 같이 하자는 말이다. 그러나 사원들은 자신이 입사할 때 마음에다 심어 놓은 사장님 말씀, 잘해주겠다는 생각만 한다. 자신이 생각했던 것과 다르게 느껴지면 "이게 뭐야?" 하며 리더를 부정적으로 보기 시작한다. 리더의 일하는 모습과 리더의 일을 보는 게 아니고 성공한 리더의 돈만 본다. 종업원들은 다 '내가 열심히 일해 성장했는데, 나는 왜 안 줘?'라고 생각한다.

리더의 돈만 본 종업원은 쌍두뱀이 되고 만다. 머리는 두 개요, 몸은 하나라 리더가 돈을 먹으려 하면 작은 머리 뱀도 먹으려 한다. 리더가 돈을 독식해 먹으면 작은 머리는 먹지 못한다. 큰 머리와 작은 머리가 적당히 나누어 먹으면 좋으련만 욕심 때문에 싸우게 된다. 서로 돈을 많이 먹으려 한다. 작은 뱀이 적게 먹었다고 생각하면 큰 머리와 같이 죽자 하며 돈이 아닌 독을 먹어 큰 머리와 같이 죽게 만든다. 물론 큰 머리 뱀도 독식해서는 안 되지만 작은 머리 뱀도 큰 머리의 돈을 보아서는 안 된다. 큰 머리의 경영과 일을 배우도록 하라. 리더는 아무나 되는 것이 아니다.

영롱한 새벽이슬은 소가 먹으면 젖이 되지만 뱀이 먹으면 독이 된다. 좋은 생각을 가지면 기업 성장에 도움이 되지만 나쁜 생각을 가지면 기업에 독이 될 수밖에 없다. 독을 먹고 같이 죽자는 잘못된 생각은 버려라. 성공한 리더의 경영과 일을 배우도록 하라. 경영을 배우는 것이 훗날 사업을 할 때 도움이 된다.

기업은 이익을 내야 한다. 그것도 높은 이익을 내야 종업원들과 함께 살아갈 수 있다. 밥은 배 속에 남아 있지 않고 몸속에 들어가 영양분을 골고루 분배해 모든 기능이 정상적으로 움직일 수 있도록 한다. 책을 읽어도 남는 게 없다. 그러나 여러 번 읽으면 마음속에 지식이 쌓이게 된다. 책 한 권을 일곱 번 이상 읽으면 남는 게 있다고 한다.

투쟁으로 얻는 것은 없다. 지식은 자동차의 부속품과 같다고 했다. 자동차의 부속품을 조립해 자동차가 움직이도록 하는 게 지혜라 한다. 지식은 나무의 열매를 보고 안다고 했다. 나무의 뿌리를 아는 것은 지혜라 했다.

리더는 필사즉생 쇠칼을 들고 기업을 위해 죽기 살기로 싸운다. 임원은 나무칼로 싸운다. 싸우다 기업이 망해도 나무칼에 맞아 죽지는 않는다. 종업원들은 종이칼로 싸운다. 책임감이 적다. 종이칼로 맞아 봐야 큰 피해 볼 게 없다는 말이다. 이것이 리더와 종업원의 차이다.

나도 직장 생활을 20년을 했다. 내가 다니던 회사도 노조를 세 번이나 만들었다. 꽹과리 치고 북 치고 노조 지원관들이 나와 도와준다. 노조의 모습을 본 리더는 월초 조회 때 이런 말씀을 했다.

"여러분들이 농장 주인이라고 생각해보십시오. 내가 심은 사과나무가 5년 정도 되었을 때는 열매를 많이 맺다가 10년이 지나 직급이 부장 이사가 되자 열매는 안 맺고 거름만 많이 빨아먹고 있다고 생각해보십시오. 봉급만 많이 타가면 나는 리더로서 묵은 나뭇잎 옆에 서울대학 나온 신품종을 하나 심었다가 업무 파악이 되면 묵은 나무는 잘라낼 수밖에 없는 것입니다."

리더는 또한 종업원들이 회사에서 꼭 필요한 사람인가 가슴에 손을 얹고 생각하라고 했다. 회사에다 100만 원을 벌어주고 1,000만 원을 받아가는지, 1,000만 원을 벌어주고 100만 원을 받아가는지 생각해보라고 했다. 필요한 사람이 있다. 있으나 마나한 사람이 있다. 있어서는 안 될 사람이 있다.

기업이 성공하려면 개 꼬리의 처세술을 쓰라고 했다. 개는 주인이 외출했다가 귀가할 때 자기 먹을 것이나 선물을 안 사와도 꼬리를 흔들고 반겨준다. 주인을 만나는 것만으로도 너무 반갑고 좋은 것이다. 그런데 사람들은 누군가 선물을 사 가지고 오면 꼬리를 다섯 번 흔들 것을 열 번, 스무 번 흔들어 반긴다. 그러나 아무것도 안 사오면 본 척도 안 한다. 개가 주인을 반기듯이 손님과 고객을 섬기면 성공할 수 있다. 물건을 정직하게 만들고 처세술을 개와 같이 한다면 성공할 것이다. 창업과 동시에 성공할 것이다.

또한 이러한 말이 있다. "사람이 돈을 쫓아다니면 돈을 잡을 수가 없고 제자리에서 빙글빙글 돌 뿐이다." 개 꼬리에다 돈을 묶어 놓으니 개는 돈을 물려고, 꼬리를 물려고 뱅글뱅글 돌아도 돈과 꼬리를 물 수 없다. 돈도 잡으려 하면 잡힐 듯 하면서도 잡히지 않는다. 성실함과 정직함으로 신뢰를 쌓고 믿음을 주는 것이 성공의 길이다.

사회의 어둠 속에서 병마와 싸우는 분들께 많은 희망의 생수가 되는 기업이 되게 하라. 그들의 빛이 되라. 배고픈 고통 어둠 속에서 가난이라는 배고픈 터널 속에서 고통 받으며 밝은 빛을 기다리는 서민들이 많다. 배고픔의 터널을 지나 그들에게는 밝은 세상, 아름다운 세상 빛을 보게 하라. 리더의 밝은 광채에 세상 빛이 비출 때 아주 작은 빛이 큰 빛이 될 것이다.

김형식의 삶

김형식은 경상도 작은 농촌에서 1947년 출생했다. 아버지는 6·25 전쟁이 일어났을 때 사진사로 돈 벌러 간다며 집을 떠나고 안 계실 때였다. 형식의 작은아버지는 자전거를 타고 700리 길을 산을 넘고 강을 건너 여러 마을을 찾아다녔다. 찾아가보면 이미 다른 마을로 떠나고 없었다. 또 다른 마을에서 들은 소식은 북한군 빨갱이들이 잡아갔다는 소식만 들었다고 했다. 형식의 작은아버지는 형님을 찾지 못하고 고향으로 돌아올 수밖에 없었다. 형식의 작은아버지는 700리 길을 자전거로 다녀오는 바람에 엉덩이에 물집이 생기고 터지고 헐어버렸다. 큰 상처만 남겼다.

남과 북이 같은 형제이건만 서로 잡아다 죽이고 처형시켰다. 자신들의 사상 논리에 따라 행하는 형제간의 학살이었다. 형식은 작은아버지가 돌아와 말씀해준 대로 빨갱이가 잡아갔다는 날로 제사를 지내고 살아왔다. 남편을 잃은 형식의 홀어머니는 외아들 형식을 공부시키기 위해 삯바느질을 했다. 밤을 새워 일하시던 형식 어머니는 눈이 안 보이기 시작했다. 눈이 안 보이니 섬세하게 바느질을 해야 하는데 삯바느질을 더 이상 할 수가 없었다. 형식 어머니는 민간요법을 다 써보고 좋다는 약을 찾아다 써봤다. 그래도 눈은 더욱더 나빠지고 실명이 되어갔다. 더 이상 삯바느질을 할 수 없어 그만두고 포기할 수밖에 없는 상황에 맞닥뜨리고 말았다.

그때 동네 주민의 권유로 교회를 처음 나가게 되었다. 하나님을 처음 만나는 날 기적이 일어났다. 형식의 어머니는 눈이 잘 안 보여 전도하신 권사님이 교회 갈 때마다 손잡고 같이 갔다. 교회에 가면 목사님의 기도를 받고 중보기도로 성도들이 협력해 기도해주었다.

교회에 등록하고 목사님의 기도를 받은 지 8개월 만에 기적이 일어나기 시작했다. 눈이 조금씩 나아지고 보이기 시작한 것이다. 형식 어머니는 하나님을 더욱더 섬기고 매달렸다. 어느 날 아침에 눈을 떠 보니 잘 보이고 회복이 되었다. 하나님이 눈을 고쳐주셨다.

형식의 어머니는 먹고 살기 위해 삯바느질을 다시 시작했다. 한복을 만드는 일에 있어서 형식의 어머니만큼 한복을 만드는 사람이 없었다. 형식의 어머니는 옛날처럼 일을 열심히 하고 완전히 회복되어 잘 되는 듯했다. 그러나 목이 약간씩 붓기 시작했다. 좌측으로 솟아오르기 시작하더니 점점 빠른 속도로 혹이 커졌다. 혹은 커져서 숨을 쉴 수 없도록 숨통을 막았다. 시골에서는 병원을 찾았으나 수술을 하지 못하는 부위라고 했다. 수술을 할 수 있다 해도 수술할 돈도 없었다.

형식의 어머니는 하나님께 매달릴 수밖에 없었다. 교회 성도들이 알려준 민간요법을 썼다. 시골 마을에는 손바닥같이 생긴 선인장이 있다. 가시가 달려 있다. 서로서로 연결되어 커간다. 선인장을 얻어다 절구에 찧어 부어오른 목에다 바르고 천으로 목을 감쌌다.

하나님께 살려달라고 눈물의 기도, 애타는 기도를 했다. 작은 밥그릇보다 더 큰 혹이 목에 생겨 고개를 숙이지 못하고 위로 세우고 살아야 했다. 손바닥 가시 선인장을 찧어 목에다 바르고 또 발랐다.

눈물로 보낸 세월 2년이 지났다. 이제는 혹이 커져 숨통을 막아 숨을 자유롭게 쉴 수도 없었다. 죽을 것 같은 고통을 받을 때마다 하나님을 찾았다. 하나님께 살려달라고 기도하며 부르짖었다. 그런데 기도하고 나면 목이 화끈거리고 달아올랐다. 그때부터 혹은 약간씩 줄어들고 있었다. 늘어났던 목의 피부도 가라앉았다.

형식의 어머니는 몸이 나으니 형식을 대학까지 졸업시키겠다는 결심을 한다. 그러나 돈은 없고 걱정은 태산이었다. 할아버지가 물려준 천수답 논과 밭을 팔아 외아들 형식을 4년제 대학 졸업시킨다. 정말 훌륭한 어머니다. 장한 어머니다. 형식 어머니는 삯바느질을 하며 홀로 형식을 대학까지 가르친 훌륭한 어머니상을 도지사에게 받았다. 큰 영광이요, 가문에 기록될 것이다.

형식은 대학을 졸업하고 고향 마을 작은 중고등학교 선생님으로 취업을 하게 되었다. 그때 이웃집 함 씨네 처제가 가끔가다 서울에서 놀러왔다가 형식을 알게 되었다. 형식은 심양과 만나 데이트를 하고 집에 와 지갑을 열어보면 20만 원이 지갑에 들어 있었다고 한다. 어떤 때는 50만 원도 넣어놓고 어떤 때는 100만 원짜리 수표도 지갑에다 넣어놨다고 한다. 형식은 심양에게 전화를 걸어 왜 돈을 지갑에 넣어 놓았느냐고 물으니 심양 말이 남자 지갑에 돈이 없으면 남자가 기가 죽는다며 만날 때마다 돈을 넣어주었다고 했다.

형식은 심양과 친해져 결혼하게 되었다. 형식은 시골 학교 선생님이고 심양은 서울 디자인 학원 선생님을 했다. 심양은 서울로 올라와 학원을 차리면 돈을 벌고 잘 살 수 있다고 했다. 그러나 형식은 심양에게 시골로 내려와 함께 살자고 했다. 형식은 홀어머니와 선생님이라는 작은 위치를 버리지 못했다.

서로 주말 부부가 되었다. 한 번은 형식이 서울로 올라가고, 다음 주에는 심양이 시골로 내려갔다. 올라오고 내려가는 주말부부가 되었다. 심양이 시골로 내려왔을 때, 홀시어머니는 아들 내외 자는 것까지 질투해 아들, 며느리 사이에 끼어 자기도 했다. 그래서 형식이 서울로 올라가는 날이 많았다. 그것도 힘들고 어려운 일이었다.

그렇게 서울과 시골을 올라가고 내려가는 날이 많았지만 아들딸 남매를 낳았다. 아들이 초등학교 들어갈 때가 되자 심양은 서울에서 아이들 공부시키려면 서울에서 살자고 형식에게 제의를 했다. 형식은 이야기를 듣고 난 다음 안 된다고 거절했다. 그 후 서로 사이가 멀어졌다.

형식은 술과 담배를 태우며 고민할 때가 많았다. 그때 외로운 형식에게 친절히 잘해주던 여자가 있었다. 술집에서 술도 팔고 형식이 친구들과도 친한 여자라 했다. 외로웠던 형식은 술집 여자가 친절히 잘해주는 바람에 그에게 조금씩 정을 주게 되었다. 외로움을 느끼던 형식은 아내인 심양과 이혼을 하고 만다. 헤어졌다.

그 후 형식은 좌절과 고통 속에서 헤어나지 못했다. 작은 선술집에서 일하고 있는 한 여자에게 관심을 갖게 되었다. 형식은 매일같이 술집으로 퇴근하는 안타까운 선생님이 되었다. 작은 마을에서는 제자들도 그 술집을 드나들었다. 마을 유지라는 사람들도 드나들었다. 친한 친구들도 드나들었다. 작은 마을에서는 입에서 입으로 소문은 금방 퍼지게 되었다.

형식은 새로운 삶을 결심한다. 형식은 자신의 이야기를 잘 들어주는 술집 여자와 형식 가족만 모여 작은 교회에서 결혼식을 했다. 형식은 또 다른 신혼생활을 시작했다. 여자는 너무 잘한다. 형식 어머니에게도 잘한다. 형식의 전처가 낳은 아들딸에게도 잘한다. 형식은 행복했다. 형식은 아내가 잘하니 행복했다.

형식은 술집 여자와 결혼한 후 자신이 학교 선생님이요, 제자들이 눈으로 선생님을 보고 있다는 것을 잊어버리곤 했다. 자신이 마을의 유명인사요, 유지라는 것을 잊은 것 같았다.

그래도 형식은 선생님이다. 형식의 아내 황 씨는 마을 행사나 모임이 있어 나가면 술만 먹고 술집에서 일하던 습관이 있어 술주정을 부리고, 신랑 친구들한테도 술주정을 한다. 실수를 해서 형식의 체면을 깎아내린다. 황 씨는 신랑이 학교 선생님이요, 마을의 유명인사요, 유지라는 사실을 망각하고 있다.

술집 여자로서의 행위를 하는 것 같다. 황 씨는 자신의 원래 습관을 버리지 못함으로 형식에게, 자식들에게, 시어머니에게 깊은 상처를 주기 시작했다. 형식은 이때 후회도 해보지만 마음만 아플 따름이다. 후회는 아무리 빨리 해도 늦은 것이다.

형식은 모두가 자기가 만든 길이기에 그 길을 이해하며, 용서하며, 가르치며 갈 수밖에 없었다. 용서라는 말에는 큰 뜻이 있다. 땅보다는 바다가 넓고, 바다보다는 하늘이 넓다고 했다. 하늘보다 넓은 것이 용서라고 했다. 그래서 용서하기가 그토록 힘든 것인지도 모른다. 하늘보다 넓은 마음이 아니면 용서는 안 될 것이다.

새엄마 황 씨는 전처 아이들 남매를 잘 키워주었다. 둘 다 결혼을 해서 각자의 길을 가며 잘 살고 있다. 그런데 형식의 전 처 심 씨는 재혼을 안 하고 예순이 넘도록 아이들을 생각하며 만날 날을 기다리며 돈만 벌고 살았다고 한다. 돈을 많이 벌어놓은 생모 심 씨는 학원 선생님이었다. 고종사촌 시누이가 학원 학생으로 학원에 갔다가 심 씨를 만나게 되었다. 생모 심 씨는 고종사촌 시누이에게 아이들이 보고싶다며 눈물을 흘리며 아이들을 만나게 해달라고 부탁을 했다.

생모 심 씨는 그동안 많은 돈을 벌어놓고 아이들을 기다리며 살았다. 그 돈을 아이들에게 주고 싶다고 했다. 심 씨는 유방암으로 수술받은 상태라고 했다. 아이들이 보고 싶어 밤잠을 못 이루고 만날 날을 기다리며 포기할 때쯤에 고종 시누이를 만난 것이다.

형식이 선생님이면서도 술과 담배를 하며 살다가 어느 날 가슴앓이를 하다가 간암에 걸려 세상을 먼저 떠났다. 형식은 마을의 유명인사로 살아왔다. 학교 선생님으로서 많은 제자들을 길러낸 존경받는 사람이었다. 그런데도 막상 본인이 세상을 떠나니 본인 고향 친구들도 빈소를 찾지 않았다. 정승집 개가 죽으면 사람이 많이 몰려도 정승이 죽으면 상갓집에 사람이 없다는 말과 같았다.

아무튼 그래도 세상을 아름답게 살다가 가신 고인에게 명복을 빕니다. 이승에서 이루지 못한 것은 하늘나라에서 이루세요. 후손들이 건강하고 행복하게 잘 살도록 빌어 드립니다. 어떻게 가든 세상은 혼자 떠나는 것입니다. 잘 살았든 못 살았든 죽음이라는 것은 무섭고 두렵고 공포 속에 가는 길입니다. 나이를 아무리 많이 먹어도 죽음은 무서운 길, 혼자 가는 길, 모두 다 내려놓고 가는 길입니다. 하늘로 가는 길입니다. 외로운 길입니다.

애완견 뽀돌이

꽃 피는 봄 어느 날, 수색동에 사는 아내 친구가 강아지를 낳았다며 분양해가라고 연락이 왔다. 아무리 잘 아는 친구라도 그냥 분양하는 게 아니고 얼마의 돈을 주고 분양을 하는 거라고 했다. 그렇게 해서 5만 원을 주고 아내와 딸이 가서 강아지를 분양해왔다.

강아지는 족보도 없는 잡종이다. 푸들과 말티즈 혼혈이라고 했다. 강아지는 너무 예쁘다. 이목구비가 뚜렷한 놈이 너무 예뻤다. 잘생겼다. 강아지 이름을 지어주기로 가족이 의논했다. 서로 이름을 지어서 그중에 좋은 이름으로 지어주기로 했다. 딸이 제안한 뽀돌이로 이름을 지었다. 많은 이름이 있었지만 뽀얗고 잘생긴 남자라고 뽀돌이라고 이름을 지어주었다.

뽀돌이는 우리 가족 일원으로 살아가게 되었다. 뽀돌이는 딸이 데리고 잤다. 때로는 내 이불 속에 들어와 코를 골며 자기도 했다. 똑똑한 뽀돌이는 태변도 화장실에 들어가서 했다. 사람같이 영리했다. 혼자 두고 집을 비울 때는 일부러 방 구석구석에다 오줌이나 똥을 싸놓기도 한다. 혼자 두고 간 가족에게 항의 표시를 하는 것 같다.

밖에 나갔다가 집에 가족이 돌아오면 뽀돌이보다 더 반가워하는 가족이 있으랴, 꼬리가 안 보일 정도로 흔들고 깡충깡충 뛴다. 안아주면 뽀뽀하고 핥고 야단이 난다. 이렇게 한 밥상에서 밥 먹고, 한 이불 속에서 자며 살았다.

그러던 어느 날, 청소한다고 현관문을 열어놓았는데 순간 뽀돌이가 가출하고 말았다. 동네를 이리저리 뛰어다니며 찾아다녔다. 뽀돌, 뽀돌 소리 지르며 찾아다녔다. 20분 정도 찾았을 때 목소리를 듣고 멀리서 뽀돌이가 달려왔다. 뽀돌이는 멀리 가지 않고 동네에서 돌아다니다 목소리가 들리자 달려온 것이었다.

뽀돌이도 나이가 들어 10년이 넘으니 아프기 시작했다. 살이 너무 쪄서 관절이 나빠지고 피부병도 생겨서 병원에 다니며 치료를 했다. 언제부턴가 뽀돌이 눈이 커지고 눈동자가 앞으로 나오는 것을 느꼈다. 그래서 동네 병원에 가서 진단을 받았다. 뽀돌이 눈이 커지고 앞으로 나오는 것은 눈동자 안쪽에 암이 생겨서라고 했다. 뽀돌이 눈을 빼내지 않으면 다른 곳으로 전이가 되어 얼마 못 살고 죽는다고 했다. 그런데 눈을 빼내는 적출 수술을 동네 병원에서는 못 한단다. 큰 대학병원에 가서 수술을 받으란다.

우리 가족은 수술을 놓고 회의를 했다. 그냥 둘 것이냐, 한쪽 눈이 없이 살더라도 수술을 해줄 것이냐. 회의 끝에 수술을 해주기로 했다. 뽀돌이를 데리고 대학병원에 가니 치료 순서를 기다리는 개들이 많았다. 이상하게 생긴 개들도 많았다. 정말 예쁜 개들도 많이 왔다.

양쪽 눈을 모두 잃어 눈이 없는 개도 있다. 양쪽 눈을 모두 잃은 개는 앞이 안 보이는 상태에서 돌아다니며 아무데나 부딪히고 들이받고 다닌다. 불쌍하다. 뽀돌이도 눈을 빼면 저 개와 같이 행동하겠지, 생각도 해봤다. 그래도 한쪽 눈은 살아 있었다.

그때 간호사가 뽀돌이를 불렀다. 뽀돌이는 간호사와 수술실로 들어갔다. 우리 가족은 수술실 밖에서 수술 잘 되라고 기도하며 긴 시간을 기다렸다. 뽀돌이가 수술이 끝나고 뽀돌 보호자를 찾는다. 뽀돌이 눈이 나와 있던 오른쪽 눈이 깊게 들어가 있었다. 털이 들어가 있는 눈을 가렸다. 뽀돌이가 눈을 긁을까 봐 목에다 플라스틱 관을 끼워놓았다.

그 후에도 뽀돌이 치료 때문에 먼 길을 대학병원으로 다녔다. 한쪽 눈이 없는 뽀돌이는 그래도 씩씩하고 명량했다. 그러나 나이는 속일 수 없다. 15년이 지나자 다른 쪽 눈도 백내장이 와 눈동자에 무언가 끼었다. 노안이 오는 것이라고 한다.

솔직히 말해 뽀돌이가 나이를 먹으니 병원비도 사람보다 더 많이 들어간다. 그래도 뽀돌이가 늙어가는 것이 너무 불쌍했다. 이제는 걸음도 못 걷는다. 누워만 있다. 잠만 잔다. 기력이 없다. 꼬리도 누워서 간신히 흔든다.

그러던 어느 날 뽀돌이가 죽을 것 같다는 연락을 아내한테 받았다. 손님을 내려드리고 급히 집으로 가보니 축 처져 있는 것이 기운이 없다. 뽀돌이 나이 열일곱 살이다. 그래도 살려보자고 의술이 좋다는 동물병원을 다 찾아다니며 치료를 받았다. 노환으로 온 병이기에 소용이 없었다.

뽀돌이가 죽기 전 마지막 단골 병원에서 치료를 받게 했다. 그런데 의사가 무슨 기력이 회복되는 주사라며 뽀돌이에게 주사를 놓고 나서 갑자기 떨며 죽어갔다. 내가 볼 때는 의사가 주사를 잘못 놓은 것 같았다.

죽어가는 뽀돌이를 보며 선생님께 항의를 했으나 소용없었다. 뽀돌이를 데리고 집으로 와 죽어가는 모습을 보며 가족이 울고 또 울었다. 딸은 임신 중인데도 뽀돌이 임종을 보기 위해 와서 뽀돌이를 품에 끌어안고 목숨이 끊어질 때까지 안고 울었다.

힘들고 고통스러운 세상과 작별하는 순간 딸과 가족은 통곡을 하며 울었다. 사람이나 모든 동물들은 죽으면 죽는 순간 몸속에 있는 모든 병균들이 밖으로 나온다는 이야기를 들었다. 나는 딸이 임신 중이라 혹시 딸에게 나쁠지도 모른다는 생각이 들어 뽀돌이를 내게 달라고 했으나 딸은 죽은 뽀돌이를 안고 안 주었다. 강제로 뺏었다. 배 속에 아기를 생각해야 했다. 나는 뒷동산에다 묻어주자고 하고 딸은 화장

시키자 했다.

가족이 상의 끝에 화장해 납골당에 모시기로 했다. 나는 뽀돌이를 택시에 싣고 경기도 어느 화장터에 가서 뽀돌이 화장 접수를 했다. 뽀돌이를 사람처럼 하얀 종이 위에 눕히고 조문을 받고 난 다음 염을 한다. 모든 장례 절차가 사람이 하는 것과 같았다. 염이 끝나고 잘 가라고 묵념을 했다. 뽀돌이를 관에다 담아 화장터에 가서 화장통 속에 넣는 순간 화장 가마에는 불길이 활활 타올랐다. 1시간 정도가 지나서 뽀돌이 뼈를 곱게 빻아서 납골 항아리에 담고 납골당에 안치시키니 모든 절차가 끝났다.

'이 세상에서 우리 가족으로 살다가 간 뽀돌아, 다음 생에 다시 태어난다면 더 좋은 가정에서 태어나거라.'

이 과정은 사람과 같이 모두 돈이 들어간다. 나는 생각했다. 이렇게 끝까지 책임지지 않을 사람은 개든 고양이든 어떤 반려동물도 키우지 말라. 가족으로 생각하고 애완동물을 키워서 끝까지 책임지라는 말을 하고 싶다.

그 후 일주일이 되는 날 뽀돌이 납골당을 찾았다. 내 아버지 어머니 묘소는 안 찾아가고 뽀돌이 납골당에 찾아간다는 것이 부모님께 죄스러운 생각이 들었다. 나는 불효자다. 나는 안다. 그래도 가족이 뽀돌이 납골당에 가자 하니 따라간다. 이렇게 가족이 뽀돌이를 보고 돌아왔다. 시간 나는 대로 우리 가족은 뽀돌이에게 갔다.

또 어느 날은 식구들이 뽀돌이에게 가자고 해서 뽀돌이 사진과 뽀돌이가 좋아하던 간식을 사서 가져갔다. 뽀돌이가 간식을 먹을 리는 없지만. 납골당에 도착해 뽀돌이 납골묘에다 사진도 걸어놓고 간식도 주고 꽃도 꽂아줬다. 우리 가족은 납골묘 옆에서 시간을 보내며 다른 집 납골묘에는 무엇을 해놓았나 구경도 했다.

집으로 돌아가려고 주차장으로 나왔을 때, 우리 차 옆에 고급 세단

자가용 승용차가 섰다. 까만 상복을 입은 중년 여인 세 명이 내리면서부터 운다. 그렇게 슬피 운다. 나는 사람이 누가 죽었나 했다. 상복까지 세 명이 똑같이 입었다. 그런데 키우던 개가 죽었나 보다. 얼마나 개를 사랑했기에 상복까지 입고 울고 또 울며 통곡한다. 나도 덩달아 눈물이 났다. 어떤 이들은 이런 모습이 지나치다고 생각할 수도 있다. 요즘 개를 키우다 병들고 돈이 들어간다며 그냥 버리는 가정이 있다고 한다. 책임질 수 없다면 개를 키워서는 안 된다.

누구나 천국으로 간다. 잠시 살다가 뽀돌이처럼 늙고 병들어 노환으로 간다. 새벽길 안개와 같은 인생이다. 누구나 안개 사라지듯이 세상에서 사라진다.

파장

가정의 행복은 한 발 양보하고 참고 인내하며 기다려줄 때 꽃피운다. 작은 일에 말로 돌을 던지면 파장이 일어난다. 작은 잔잔한 호수에 돌을 던진 것과 같다. 돌을 던지면 돌이 떨어진 곳에서부터 파장이 일어난다. 연속적으로 상대방도 말에 돌을 던지니 파장과 파장이 서로 엉키고 겹쳐 커지고 풀 수가 없다. 말로 파장의 돌을 던진 사람은 무슨 이유인지는 모르지만 의도가 있을 것이다. 일단 돌을 던져놓고 재미있어한다.

꽹과리도 모서리를 때려도 소리는 난다. 무슨 뜻에서 말의 꽹과리를 쳤는지 모르지만 꽹과리는 때릴수록 소리가 커진다. 화가 나서 서로 소리를 지르며 꽹과리를 쳐보지만 가정의 싸우는 소리에 꽹과리도 화가 나 중앙으로 때리고 목소리가 점점 더 커진다. 나중에는 말도 안 되게 박자도 없이 마구 떠들며 서로 때린다.

파장은 꼬리에 꼬리를 물고 일어난다. 진실이든 아니든 상관없다. 말로 돌을 일단 던져놓으면 말의 돌이 떨어진 곳에서는 파장이 일고 상대방의 돌이 날아와 떨어지니 더 큰 파장이 생긴다.

어느 누가 베란다에다 상추 쌈 종류를 심어놓고 예쁘게 키우고 있었다. 물 주고 벌레 잡고 사랑과 정성을 모두 쏟아 키웠다. 그런데 어느 지인이 놀러왔다가 그것을 가져가겠다고 말의 돌을 던졌다. 그것을 키운 주인의 마음에다 파장의 돌을 던진 것이다. 주인은 아예 다른 것을 사주겠다고 했다. 그런데도 굳이 그것을 가져가겠다고 했다. 주인은 아예 못 가져가게 하기 위해 큰 것을 가져가라 했다.

서로 티격태격 말의 돌을 던지고 말로 꽹과리를 치니 서로 언성이 높아지고 싸우는 꽹과리 소리는 커진다. 쌈 종류 한 판 가져간다고 말을 던져 놓으니 말싸움이 되고 재미있단다.

국회에서도 일단 돌을 집어 세상의 강에다 던져놓고 본다. 돌이 떨어진 곳은 작은 돌이 떨어지나 큰 돌이 떨어지나 파장이 일어난다. 돌을 던지고 말을 만들어 서로 싸우고 목소리를 높여 꽹과리 소리도 키운다.

인내하고 기다리고 서로 상처를 치유해주고 붕대로 감싸주는 역할이 필요한 시대다. 가족끼리도 협력하라. 모래알같이 따로 놀지 말고 안아주고 참고 기다리며 인내하면 오래 기다린 만큼 좋은 일도 크게 올 것이다. 가정의 행복은 올 것이다.

아이 돌보기

외가댁에 온 일곱 살 손녀와 돌잡이 손자. "애 볼래, 아니면 일할래?" 물으면 들에 나가 일하기를 선택했다던 조상님들 생각이 났다. 15일 동안 아내가 손주들을 돌봐줄 때 나는 가끔 거들기만 했다. 돌잡이는 5분 이상 보기 힘들다. 아내와 나는 병이 나고 말았다.

이렇게 힘들게 키운 자식, 저 혼자 큰 줄 알고 있다. 잘 키웠든 잘못 키웠든 낳아주고 지금까지 키워주신 것에 대해 부모에게 감사하라. 세상에서 제일 힘들고 어려운 일, 애 보기. 하늘에서 천군천사가 나를 데리러 올 때까지 나의 가족을 사랑하리. 부모님 하늘 가신 후에 효도한다고 제사상 차려놓고 싸우는 헛된 일 하지 말라.

호랑이 잡으러 갈 때

호랑이 잡으러 갈 때는 총을 들고 가라. 파리 잡으러 갈 때는 파리채를 가지고 가라. 파리 잡으러 가는데 총을 들고 가면 되겠는가. 호랑이 잡으러 가는데 파리채를 가지고 가는 것과 같은 인생을 살면 모두 실패다.

분노를 하는 인생이 되어라. 오늘이 마지막이라는 분노를 하라. 분노를 가지고 1등을 쫓아가는 2등이 되어라. 오기와 독을 품는 인생이 되어라.

내가 아직 쓸모 있다는 자존감을 가져라. 그것이 장수의 비결이다. 무엇이든 시작을 해보라. 해보면 할 수 있는 일이 생길 것이고 자신감도 생긴다.

극락 가는 길

오늘도 자신의 이름을 부르며 스스로를 위로하라. 잘했다 칭찬하라. 오늘도 수고했다 말하라. 내가 없으면 아무것도 없다. 내가 살고 있는 곳이 극락이다.

불교에서는 극락이 있다고 말한다. 이승에서 잘 살면 죽어서 가는 곳이 극락이다. 이승에서 잘못 살면 죽었다가 다음 생에 태어날 때 소나 돼지, 곤충으로 태어난다고 한다. 절에다 시주나 돈을 많이 내면 죽었다가 다음 생에 태어날 때 부잣집에 태어나고 양반으로 태어난다고 말한다. 시주에 따라 삶이 태어나는 것도 바뀔 수 있다는 말은 거짓이다. 허상이다. 이용하는 말이다. 이런 식으로 불교 신자들에게 시주를 많이 하도록 겁주고 협박해서 얻은 돈으로 스님들은 자가용 타고, 때로는 억대의 도박판에서 사용되기도 한다. 나는 이렇게 생각한다. 이승에서 남에게 피해주지 않고 잘 살면 그것이 극락 가는 길이라고.

이런 생각

창업에 성공하려면 매일매일 일기를 쓰고, 그것을 많은 사람들과 공유하라. 예를 들어 국수를 만든다면 직접 만드는 과정을 찍고, 만든 국수를 예쁘게 찍어 인터넷에다 올린다. 매일 올린다. 한 번 올릴 때 스무 장 이상씩 올린다. 모양을 이렇게 저렇게 다양하게 찍어서 올린다. 재료의 원산지도 올린다. 스무 장 이상 올려야 효과가 있다. 재료 구입하는 모습도 찍어 올린다.

어느 곳에서 구입했다는 것을 알려라. 농촌에서, 어촌에서 직접 구입했다는 것을 찍어 올려라. 대형 마트에서 샀다면 마트 싱싱코너를 찍어 스무 장 이상 사진으로 올려라.

방송국에서 촬영하고 나면 2개월에서 3개월은 손님이 미어지고 장사가 잘 되지만 기본 음식 바탕이 없으면 한 번 왔다 가고는 안 온단다. 성공할 수가 없다. 기본적인 음식을 잘 만들어야 한다. 기본만 잘 되어 있다면, 매일매일 일기 쓰듯이 쓰고 사진을 찍어 사람들과 공유하는 것이 효과가 있을 것이다.

왕이 신하를 사랑하니

왕이 총애하던 신하가 있었다. 하루는 신하가 먹던 사과가 너무 맛있다며 왕에게 드렸다. 그 사과를 받은 왕은 "이렇게 맛있는 사과를 먹지 않고 나에게 주었다"며 신하가 왕을 생각하는 마음이 크다 하여 상을 주었다.

신하가 어느 날 자신의 아버지가 위독하다는 말을 듣고 왕의 마차를 왕에게 말도 없이 타고 나갔다. 왕은 그 사실을 알고서도 "부모의 위독함을 듣고 언제 왕에게 말하고 가느냐. 정말 효자로다"라고 보듬었다.

그러나 언젠가부터 왕의 마음속에 신하에 대한 사랑이 없어지니, 먹던 사과를 임금에게 주고 임금의 마차를 말없이 타고 간 나쁜 신하라며 처형을 하고 만다. 내 마음속에 사랑이 없어지면 모든 것이 밉게만 보이는 것이다.

내 마음이 사랑으로 피어나야 한다. 남의 탓을 하지 마라. 사랑이 없어지면 신랑이 밥 먹을 때 씹는 김치 소리도 싫은 것이다. 입을 벌려 음식 먹는 모습과 쩝쩝 소리도 싫은 것이다. 본인 마음속에 사랑이 없어 그런 것인데 상대 탓으로 말을 한다. 상대가 아무리 싫은 행동으로 음식을 먹어도 사랑한다면 아름답게 보이고 아름다운 소리로 들릴 것이다.

쥐

쥐는 먹을 것을 찾아 돌아다닌다. 먹을 것을 찾게 되면 풀방구리에 쥐 드나들듯 드나들며 파 먹는다. 쥐는 그곳에 있는 곡식, 먹거리를 다 먹으면 또 다른 곳으로 먹거리를 찾아 떠난다. 다른 곳에서 먹거리를 찾으면 그곳을 또 드나들며 파먹고 산다.

사람도 먹을 것을 찾아, 일터를 찾아 쥐처럼 다닌다. 좀 더 좋은 직장, 더 좋은 대우를 받기 위해 외국으로 떠나기도 한다. 내 집 창고에 있는 성을 남편이 원할 때 거절하지 말라. 아내가 거절하면 쥐가 먹을 것이 없는 창고를 떠나 다른 창고를 찾을 것이다. 다른 창고를 찾게 되면 한동안 먹을 것이 있는 곳에 풀방구리 쥐 드나들듯 남편도 그곳을 찾고 드나들 것이다. 그러나 그곳도 먹을 것이 없으면 떠나 집으로 온다. 서로 받아주고 안아주고 이해해주고 참아줘라. 내가 가진 것을 귀하게 여겨라. 내 것을 놓치고 나면 그것이 얼마나 좋았다는 것을 알게 될 것이다.

남의 탓만 하는 남편은 아내의 탓이라 하고, 아내는 남편 탓이라 한다. 내 손에서 놓치고 나면 후회한다. 오늘 하루도 내 것이 아니라 생각하라. 아내의 것이라 생각하라. 자식의 것, 형제의 것, 이웃의 것이라 생각하라. 내가 살아 있는 것도 아내와 가족이 준 시간이다.

그래도 사람은 후회하며 산다. 후회할 일을 하지 말아라. 하지만 또 하고 후회한다. 후회의 늪으로 빠져간다. 빨리 후회에서 탈출하라. 그 사람만이 성공하는 자가 될 것이다.

변하지 않는 본성

나를 비롯한 인간 거의가 본성은 변하지 않는 것 같다. 성선설, 성악설 등 해묵은 논쟁이 많지만 70여 년 살아오면서 새삼 확인하는 것은, 사람은 변하지 않는다는 사실이다. 개과천선했다고 보도되었던 절도범, 폭력범들이 말년에는 다시 그 범죄의 길에 들어서고 마는 소식들. 감정이 극도에 달하거나 극한 상황에 맞닥뜨리면 결국은 예전의 버릇, 습관이 튀어나오는 모습을 경험한다.

수양, 수련, 연단을 통해 정화되고 성화되기도 하지만, 끝까지 믿을 수 없는 것이 인간이다. 그만큼 나약하다. 그러므로 우리는 평소에 악습이나 악행, 범죄에 연결되는 환경에 노출되지 않도록 신경 쓰면서 끊임없는 자기반성과 회개, 맑은 영혼을 유지하기 위해 노력해야 한다. 큰소리치거나 자만할 일도 아니고, 조금 나아졌다고 자랑할 일도 아니다. 기독교리에서 말하는 중생·거듭남의 체험이 모든 사람에게 있는 것도 아니다. 그저 조심조심 말과 행동을 제한하는 자제력을 키우고 절제를 순간마다 연습할 뿐이다.

"사람은 고쳐 쓸 수 없다. 변하지 않기 때문이다"라는 자조적인 포기보다는, 그래도 변화되고 성화되어가는 모습을 보고 싶다. 나부터 말이다. 기도원이나 수도원, 기독교 수련원 등에서 시행되는 훈련들 - 깨진 사람, 부서진 사람을 동여매주고 회복·치유하려는 피나는 노력이 계속되는 것도, 이런 근본적인 난제를 조금이나마 풀어보려는 안간힘의 하나일 것이다.

내 고향 백족산

내 고향 백족산은 초가지붕 같은 산이다. 삼태미같이 마을을 품고 담아주는 산, 봄이면 새들 주둥이만큼씩 자라나는 새싹으로 지붕을 덥고, 오월이면 연두색으로 갈아준다. 가을이 오면 산 지붕은 단풍 지붕으로 갈아입고, 정상에는 하나님이 만드신 신의 색, 용마루 틀어 얹네. 겨울이면 흰 눈 내려 산 지붕 덥고, 마을에는 굴뚝마다 저녁 짓는 연기 난다. 우리 집은 밥 지을 쌀 없어 빈 솥에 물 붓고 하늘에다 연기만 내던 곳, 아름다운 백족산. 천국에 계신 엄마 보고 싶다. 눈물 납니다.

어느 택시 기사의 세상 바라보는 이야기

내일은 좋은 길

초판 발행 2018년 10월 30일

지 은 이 문장식

펴 낸 곳 코람데오

등 록 제300-2009-169호

주 소 서울시 종로구 세종대로 23길 54, 1006호

전 화 02)2264-3650~1, 010-5415-3650

E-mail soho3650@naver.com

ISBN | 978-89-97456-61-1 03810

값 12,000원